★この作品はフィクションです。実在の人物・
団体・事件などには、いっさい関係ありません。

僕《ぼく》のヒーローアカデミア vol.9

MY HERO ACADE-MIA vol.9
“僕《ぼく》のヒーロー”
MY HERO
BY KOHEI HORIKOSHI

堀《ほり》越《こし》耕《こう》平《へい》

JUMP COMICS

CHARACTER《キャラクター》
相澤《あいざわ》 消太《しょうた》
出久《いずく》たち1年A組《ねんエーぐみ》の
担任《たんにん》で、プロヒーロー
〝イレイザーヘッド〟。
飯田《いいだ》 天哉《てんや》
1年A組《ねんエーぐみ》の学級《がっきゅう》委員長《いいんちょう》。
超《ちょう》マジメ。
蛙吹《あすい》 梅雨《つゆ》
1年A組《ねんエーぐみ》。いつも冷静《れいせい》で頼《たよ》りに
なる。「梅雨《つゆ》ちゃんと呼《よ》んで」
オールマイト
ヒーロー界《かい》において不動《ふどう》の人気《にんき》を誇《ほこ》る
No.1《ナンバーワン》ヒーロー。〝平和《へいわ》の象徴《しょうちょう》〟として
存在《そんざい》しているが、ある敵《ヴィラン》との戦《たたか》いで重《じゅう》
傷《しょう》を負《お》い、それ以来《いらい》ヒーローとしての
活動《かつどう》時間《じかん》が日《ひ》に日《ひ》に短《みじか》くなっている。
爆豪《ばくごう》 勝己《かつき》
1年A組《ねんエーぐみ》。出久《いずく》の幼馴染《おさななじみ》。
すぐキレる。
緑谷《みどりや》 出久《いずく》
生《う》まれつき〝無個性《むこせい》〟の少年《しょうねん》。
幼少時《ようしょうじ》にオールマイトが人々《ひとびと》を
救出《きゅうしゅつ》する動画《どうが》を見《み》て、ヒーロー
に憧《あこが》れるようになる。オールマ
イトの〝個性《こせい》〟を受《う》け継《つ》ぐ。
麗日《うららか》 お茶子《ちゃこ》
出久《いずく》のクラスメート。赤《あか》らむ
ほっぺがチャームポイント。

STORY《ストーリー》

ある日《ひ》より人々《ひとびと》の体《からだ》に発現《はつげん》し始《はじ》めた特異体質《とくいたいしつ》。それはいつしか〝個性《こせい》〟と呼《よ》ばれるようになり、多《おお》くの者《もの》が何《なん》らかの特異体質《とくいたいしつ》を持《も》つ超人社会《ちょうじんしゃかい》となっていた。しかし、この「超常《ちょうじょう》」は犯罪件数《はんざいけんすう》の増加《ぞうか》を招《まね》き、国《くに》が対応《たいおう》しきれない事態《じたい》にまで陥《おちい》ってしまう。そんな折《おり》、人々《ひとびと》の中《なか》から次第《しだい》に、悪意《あくい》へ対抗《たいこう》する為《ため》に動《うご》く者達《ものたち》が現《あらわ》れ始《はじ》める！コミックさながらのヒーロー活動《かつどう》をする彼《かれ》らは、やがて人々《ひとびと》に認《みと》められ公的職務《こうてきしょくむ》となり、生活《せいかつ》の安全《あんぜん》を守《まも》っていた。これは、そんなヒーローに憧《あこが》れる〝無個性《むこせい》〟の少年《しょうねん》が、あるトップヒーローとの出会《であ》いをきっかけに、最高《さいこう》のヒーローへ駆《か》け上《のぼ》るまでの物語《ものがたり》である。

轟《とどろき》 焦凍《しょうと》
1年A組《ねんエーぐみ》の推薦入学者《すいせんにゅうがくしゃ》。No.2《ナンバーツー》ヒーロー・エンデヴァーの息子《むすこ》。
障子《しょうじ》 目蔵《めぞう》
1年A組《ねんエーぐみ》。〝個性《こせい》〟「複製腕《ふくせいわん》」。身体《からだ》の一部《いちぶ》を複製《ふくせい》できる。
荼毘《だび》
ヒーロー殺《ころ》し・ステインの影響《えいきょう》を受《う》け、敵連合《ヴィランれんごう》へ加入《かにゅう》。
常闇《とこやみ》 踏陰《ふみかげ》
1年A組《ねんエーぐみ》。言《い》う事《こと》カッコいい。その身《み》に黒影《ダークシャドウ》を宿《やど》す。
拳藤《けんどう》 一佳《いつか》
1年B組《ねんビーぐみ》の学級委員長《がっきゅういいんちょう》。姉御的《あねごてき》な素敵《すてき》な女性《じょせい》。
トガ ヒミコ
敵連合《ヴィランれんごう》の一員《いちいん》。女子高生《じょしこうせい》。事件《じけん》の容疑者《ようぎしゃ》として追《お》われている。
鉄哲《てつてつ》 徹鐵《てつてつ》
1年B組《ねんビーぐみ》。身体《からだ》を鋼《はがね》の様《よう》にできる。根性《こんじょう》ある。

MY HERO ACADEMIA

僕《ぼく》のヒーローアカデミア

Vol.9

CONTENTS《コンテンツ》

〝個性《こせい》〟を伸《の》ばす…!?
A組《エーぐみ》はもう やってるぞ 早《はや》く行《い》くぞ
No.《ナンバー》72 二日目《ふつかめ》
前期《ぜんき》はA組《エーぐみ》が 色々《いろいろ》目立《めだ》ってたが 後期《こうき》は我々《われわれ》の番《ばん》だ
いいか? A組《エーぐみ》ではなく 我々《われわれ》だ!
先生《せんせい》…!! 不甲斐《ふがい》ない 教《おし》え子《ご》でごめん!
突然《とつぜん》 〝個性《こせい》〟を伸《の》ばすと 言《い》っても…
20名《めい》20通《とお》りの 〝個性《こせい》〟があるし… 何《なに》をどう伸《の》ばすのか わかんないんスけど…
具体性《ぐたいせい》が 欲《ほ》しいな!!
筋繊維《きんせんい》は 酷使《こくし》することにより 壊《こわ》れ…強《つよ》く太《ふと》くなる
〝個性《こせい》〟も同《おな》じだ 使《つか》い続《つづ》ければ強《つよ》くなり でなければ衰《おとろ》える!
ザ…
ザ…
すなわち やるべきことは 一《ひと》つ!

限界突破《げんかいとっぱ》!!
あ あ
Cola
No.《ナンバー》72 二日目《ふつかめ》

あああ
なんだこの地獄《じごく》絵《え》図《ず》…!!
もはやかわいがりですな
許容上限《きょようじょうげん》のある発動型《はつどうがた》は上限《じょうげん》の底《そこ》上《あ》げ
異形型《いぎょうがた》・その他《た》複合型《ふくごうがた》は“個性《こせい》”に由来《ゆらい》する器官《きかん》・部位《ぶい》の更《さら》なる鍛錬《たんれん》
ぎゃあああああ

通常《つうじょう》であれば
肉体《にくたい》の成長《せいちょう》に
合《あ》わせて行《おこな》うが…
ああ
いてえええええ
クソがあ
ぎゃあああああ
ザッ
ザッ
まァ時間《じかん》が
ないんでな
B組《ビーぐみ》も早《はや》くしろ
しかし私《わたし》たちも
入《はい》ると40人《にん》だよ
そんな人数《にんずう》の
〝個性《こせい》〟
たった6名《めい》で
管理出来《かんりでき》るの？
・・・だから
彼女《かのじょ》らだ
そうなの
あちきら
四位一体《よんみいったい》！
煌《きら》めく眼《まなこ》で
ロックオン!!
どこから
ともなく
やって来《く》る…
猫《ねこ》の手《て》
手助《てだす》け
やって来《く》る!!
キュートに
キャットに
スティンガー!!

ワイルド・ワイルド・
プッシーキャッツ!!!
（フルver.《バージョン》）
あちきの〝個性《こせい》〟「サーチ」！この目《め》で見《み》た人《ひと》の情報《じょうほう》100人《にん》まで丸《まる》わかり！
居場所《いばしょ》も弱点《じゃくてん》も！
「ラグドール」
私《わたし》の「土流《どりゅう》」で各々《おのおの》の鍛錬《たんれん》に見合《みあ》う場《ば》を形成《けいせい》！
きゃああああ
「ピクシーボブ」
そして私《わたし》の「テレパス」で一度《いちど》に複数《ふくすう》の人間《にんげん》へアドバイス
「マンダレイ」

そこを我《われ》が殴《なぐ》る蹴《け》るの暴行《ぼうこう》よ…！
「虎《とら》」
色々《いろいろ》ダメだろ
単純《たんじゅん》な増強型《ぞうきょうがた》の者《もの》
我《われ》の元《もと》へ来《こ》い！
我《ワレ》ーズブートキャンプはもう始《はじ》まっているぞ
ブッ
ブッ
ブッ
ブッ
ひーーー
古《ふる》
さァ今《いま》だ
撃《う》って来《こ》い
はっ
ピタッ
5%《パーセント》デトロイトスマッシュ!!
SMASH
よォォオしまだまだキレキレじゃないか!!
ぐね

CATPUNCH
筋繊維《きんせんい》が千切《ちぎ》れてない証拠《しょうこ》だよ!!
イエッサ!!
声《こえ》が小《ちい》さい
イエッサァ!!
ノリ怖《こえ》え!
プルスウルトラだろォ!?しろよ!ウルトラ!
この人《ひと》だけ性別《せいべつ》もジャンルも違《ちが》うんだよなあ
雄英《ゆうえい》も忙《いそが》しい ヒーロー科《か》1年《ねん》だけに人員《じんいん》を割《さ》く事《こと》は難《むずか》しい
この4名《めい》の実績《じっせき》と広域《こういき》カバーが可能《かのう》な〝個性《こせい》〟は
短期《たんき》で全体《ぜんたい》の底上《そこあ》げするのに
最《もっと》も合理的《ごうりてき》だ

オールマイトから
身《み》に余《あま》る
〝個性《こせい》〟を授《さず》かった…
グラントリノから
身体《からだ》に見合《みあ》う
使《つか》い方《かた》を教《おそ》わった…
器《うつわ》を鍛《きた》えれば
鍛《きた》える程《ほど》
〝力《ちから》〟は自在《じざい》に
動《うご》かせる!
〝貰《もら》って〟
ここまで来《き》た!!
ここからは
正真正銘《しょうしんしょうめい》
僕《ぼく》の頑張《がんば》り
次第《しだい》!!
うぉおおお!!
よおおし
伸《の》ばせ千切《ちぎ》れ
ヘボ〝個性《こせい》〟を!!
イエッサー!!
………

PM《ピーエム》4:00
さァ昨日《きのう》言《い》ったね「世話《せわ》焼《や》くのは今日《きょう》だけ」って!!
己《おのれ》で食《く》う飯《めし》くらい己《おのれ》でつくれ!! カレー!!
イエッサ……
ガタ、
アハハハハ 全員全身《ぜんいんぜんしん》ブッチブチ!!
だからって雑《ざつ》なネコマンマは作《つく》っちゃダメね!
ハハハハハハハハハ
確《たし》かに…
災害時《さいがいじ》など避難先《ひなんさき》で消耗《しょうもう》した人々《ひとびと》の腹《はら》と心《こころ》を満《み》たすのも
ハッ…
救助《きゅうじょ》の一環《いっかん》……

さすが雄英《ゆうえい》
無駄《むだ》がない!!
世界一旨《せかいいちうま》いカレーを
作《つく》ろう 皆《みんな》!!
オ… オォー…
飯田《いいだ》
便利《べんり》
グツ
グツ
轟《とどろき》ー! こっちも 火《ひ》ィちょーだい
爆豪《ばくごう》 爆発《ばくはつ》で 火《ひ》ィつけれね?
つけれるわ クソが!
ええ…!?
ズッ…
皆《みな》さん!
人《ひと》の手《て》を煩《わずら》わせて ばかりでは 火《ひ》の起《お》こし方《かた》も 学《まな》べませんよ
DEAD LINE
………
カチ
いや
いいよ
ボゥ
わー! ありがとー!!
ぴょん
ぴょん
チリ…
チリ…
燃《も》えろ

燃《も》やし尽《っ》くせー!
尽《っ》くしたら あかんよ
いただき まーす!
店《みせ》とかで出《で》たら 微妙《びみょう》かもしれねーけど
この状況《じょうきょう》も相《あい》まって うめ――――!!
ガツ
言《い》うな 言《い》うな ヤボだな!
ガツ
ヤオモモ がっつくねー!
ええ
私《わたし》の〝個性《こせい》〟は 脂質《ししつ》を様々《さまざま》な 原子《げんし》に変換《へんかん》して 創造《そうぞう》するので
沢山《たくさん》蓄《たくわ》える程《ほど》 沢山《たくさん》出《だ》せるのです
うんこ みてえ
何《なに》が 〝個性《こせい》〟だ…
本当《ほんとう》… 下《くだ》らん…!!

……
ぐぅ～…
お腹《なか》すいたよね？
これ食《た》べなよ
カレー
ビク!!
てめエ！何故《なぜ》ここが…！
あ　ごめん
足跡《あしあと》を追《お》って…！ご飯《はん》食《た》べないのかなと…

いいよ
いらねえよ言《い》ったろ
つるむ気《き》などねえ
ギロッ
俺《おれ》の
ひみつきちから
出《で》てけ
ひみつきちか…!
うおおおお!!
よおおし
伸《の》ばせ千切《ちぎ》れ
ヘボ〝個性《こせい》〟を!!
〝個性《こせい》〟を伸《の》ばすとか
はり切《き》っちゃってさ…
気味悪《きみわる》い
そんなに
ひけらかしたいかよ
〝力《ちから》〟を
君《きみ》の両親《りょうしん》さ…
ひょっとして
水《みず》の〝個性《こせい》〟の
「ウォーター
ホース」…?
……マンダレイか⁉
あいやえっと
あ——……
ごめん!!
うん…何《なん》か
流《なが》れで聞《き》いちゃって…
情報的《じょうほうてき》に
そうかなって…

残念《ざんねん》な事件《じけん》だった
おぼえてる
………うるせえよ
頭《あたま》イカレてるよみーんな…
馬鹿《ばか》みたいにヒーローとか敵《ヴィラン》とか言《い》っちゃって殺《ころ》し合《あ》って
〝個性《こせい》〟とか言《い》っちゃって……ひけらかしてるからそうなるんだバ――カ
ヒーローだけじゃない…〝個性《こせい》〟…超人社会《ちょうじんしゃかい》そのものが…
なんだよもう用《よう》ないんだったら出《で》てけよ！
いや…あの……
えー
友《とも》だち…僕《ぼく》の友《とも》だちさ！
…親《おや》から〝個性《こせい》〟が引《ひ》き継《つ》がれなくてね

……は？
先天的《せんてんてき》なもので稀《まれ》にあるらしいんだけど…
でもそいつはヒーローに憧《あこが》れちゃって
でも今《いま》って〝個性《こせい》〟がないとヒーローにはなれなくて
そいつさしばらくは受《う》け入《い》れられずに
練習《れんしゅう》してたんだ
物《もの》を引《ひ》き寄《よ》せようとしたり
火《ひ》を吹《ふ》こうとしたり…
〝個性《こせい》〟に対《たい》して色々《いろいろ》な考《かんが》えがあって一概《いちがい》には言《い》えないけど

そこまで否定《ひてい》しちゃうと
君《きみ》が辛《つら》くなるだけだよ
えと…だから…
ダッ
うるせぇズケズケと!!出《で》てけよ!!
…………
ごめん…とりとめのないことしか言《い》えなくて…
しゅん
カレー置《お》いとくね

うるさい…
どいつも…
こいつも……
ザアァ
今回《こんかい》はあくまで狼煙《のろし》だ
疼《うず》く…疼《うず》くぞ……
早《はや》く行《い》こうぜ…！
まだ尚早《しょうそう》
それに
派手《はで》なことはしなくていいって言《い》ってなかった？
ああ
急《きゅう》にボス面《づら》始《はじ》めやがってな

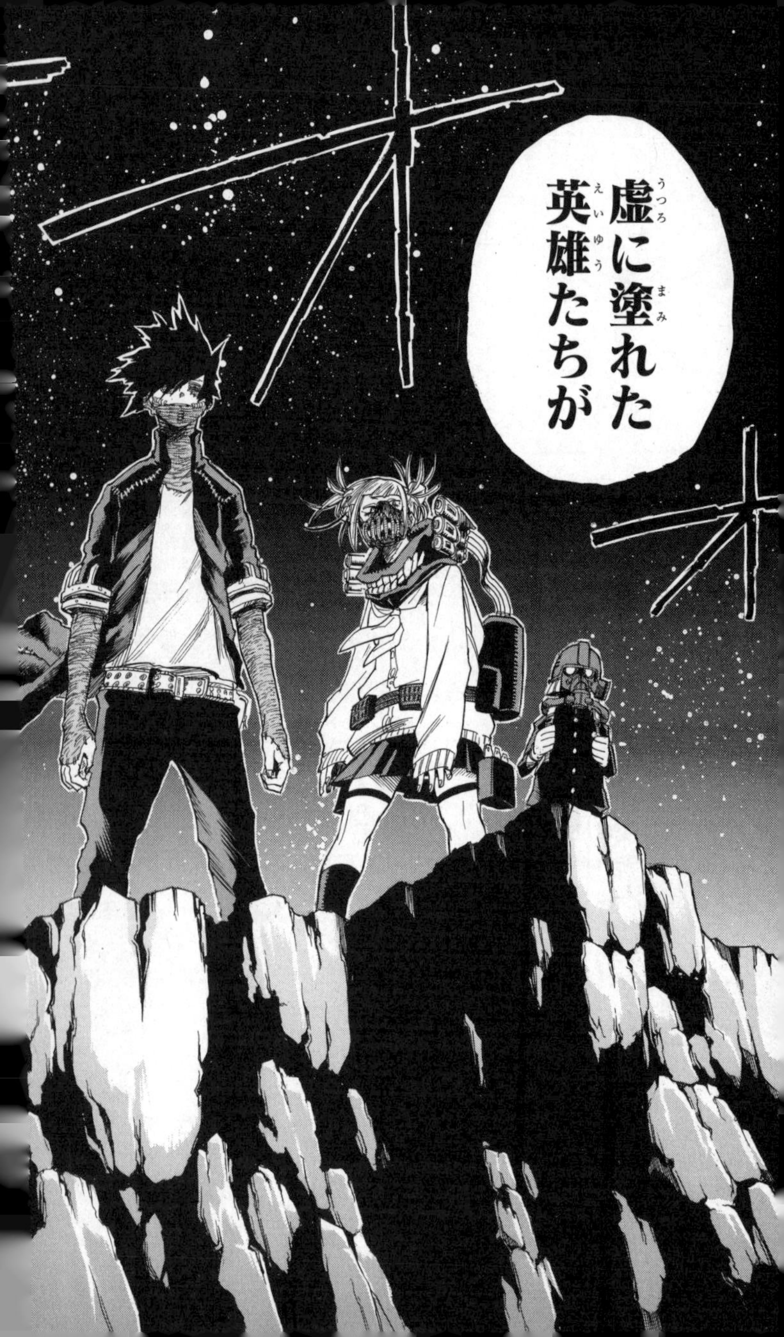
虚《うつろ》に塗《まみ》れた
英雄《えいゆう》たちが

地《ち》に堕《お》ちる
その輝《かがや》かしい未来《みらい》の為《ため》のな

THE・個性《こせい》伸《の》ばし訓練《くんれん》
ちょっと補足《ほそく》のコーナー。

●〝個性《こせい》〟も身体能力《しんたいのうりょく》の１つなので、脳《のう》や筋肉《きんにく》と同《おな》じように使《つか》えば使《つか》うほど体《からだ》が適応《てきおう》していきます。

麗日《うららか》お茶子《おちゃこ》

無重力《ゼログラビティ》

酔《よ》った状態《じょうたい》で〝個性《こせい》〟使用《しよう》を繰《く》り返《かえ》します。三半規管《さんはんきかん》の鍛錬《たんれん》と酔《よ》いの感覚《かんかく》を慣《な》らしていくことで、限界重量《げんかいじゅうりょう》を増《ふ》やす試《こころ》み。

爆豪《ばくごう》勝己《かつき》

爆破《ばくは》

手《て》を熱《ねっ》することで、汗腺《かんせん》を広《ひろ》げます。広《ひろ》がった状態《じょうたい》で爆破《ばくは》を繰《く》り返《かえ》します。そうすることで、爆発《ばくはつ》の規模《きぼ》を大《おお》きくする試《こころ》み。

峰田《みねた》実《みのる》

もぎもぎ

筋《きん》トレと同《おな》じで、使《つか》いまくることで、もぎっても血《ち》が出《で》ない頑丈《がんじょう》な頭皮《とうひ》にしようという試《こころ》み。

轟《とどろき》焦凍《しょうと》

半冷半燃《はんれいはんねん》

熱湯《ねっとう》に浸《つ》かりながら氷結《ひょうけつ》を続《つづ》けています。連《れん》続使用《ぞくしよう》によって体《からだ》が冷《ひ》えてしまうのを防《ふせ》ぎながら続《つづ》けることで、体《からだ》が氷結《ひょうけつ》に慣《な》れていきます。また、湯《ゆ》の温度《おんど》を一定《いってい》に保《たも》つよう左側《ひだりがわ》も使《つか》っています。これは炎熱《えんねつ》の温度調整《おんどちょうせい》を可能《かのう》にする為《ため》の試《こころ》み。彼《かれ》の〝個性《こせい》〟は伸《の》ばしていけば同時使用《どうじしよう》も夢《ゆめ》ではないでしょう。

砂藤《さとう》力道《りきどう》

シュガードープ

八百万《やおよろず》百《もも》

創造《そうぞう》

〝個性《こせい》〟発動《はつどう》に必要《ひつよう》なエネルギーを摂取《せっしゅ》しながらの〝個性《こせい》〟使用《しよう》を繰《く》り返《かえ》しています。これによって体《からだ》が慣《な》らされていきます。砂藤《さとう》は効果時間《こうかじかん》とパワーの増幅《ぞうふく》を試《こころ》みています。八百万《やおよろず》は、それに加《くわ》え、食《た》べながら〝個性《こせい》〟を使《つか》うことで、何《なに》かしながらでもクオリティの高《たか》いモノを創《つく》れるように鍛《きた》えています。

JUMP COMICS

No.《ナンバー》73

グッドイブニング

DIRECT SALES

MY HERO ACADEMIA

僕《ぼく》のヒーローアカデミア

ていうか
これ嫌《いや》
可愛《かわい》くないです
裏《うら》のデザイナー・開発者《かいはっしゃ》が設計《せっけい》したんでしょ見《み》た目《め》はともかく
理《り》には適《かな》ってるハズだよ
そんなこと聞《き》いてないです可愛《かわい》くないって話《はなし》です
ザ!!
どうでもいいから早《はや》くやらせろワクワクが止《と》まんねえよ
ゴキ
バキ
黙《だま》ってろイカレ野郎共《やろうども》
ザ!!
まだだ…決行《けっこう》は…

10人全員《にんぜんいん》揃《そろ》ってからだ
おまた――
仕事《しごと》…
仕事《しごと》……
威勢《いせい》だけのチンピラをいくら集《あつ》めたところでリスクが増《ふ》えるだけだ
やるなら経験豊富《けいけんほうふ》な少数精鋭《しょうすうせいえい》

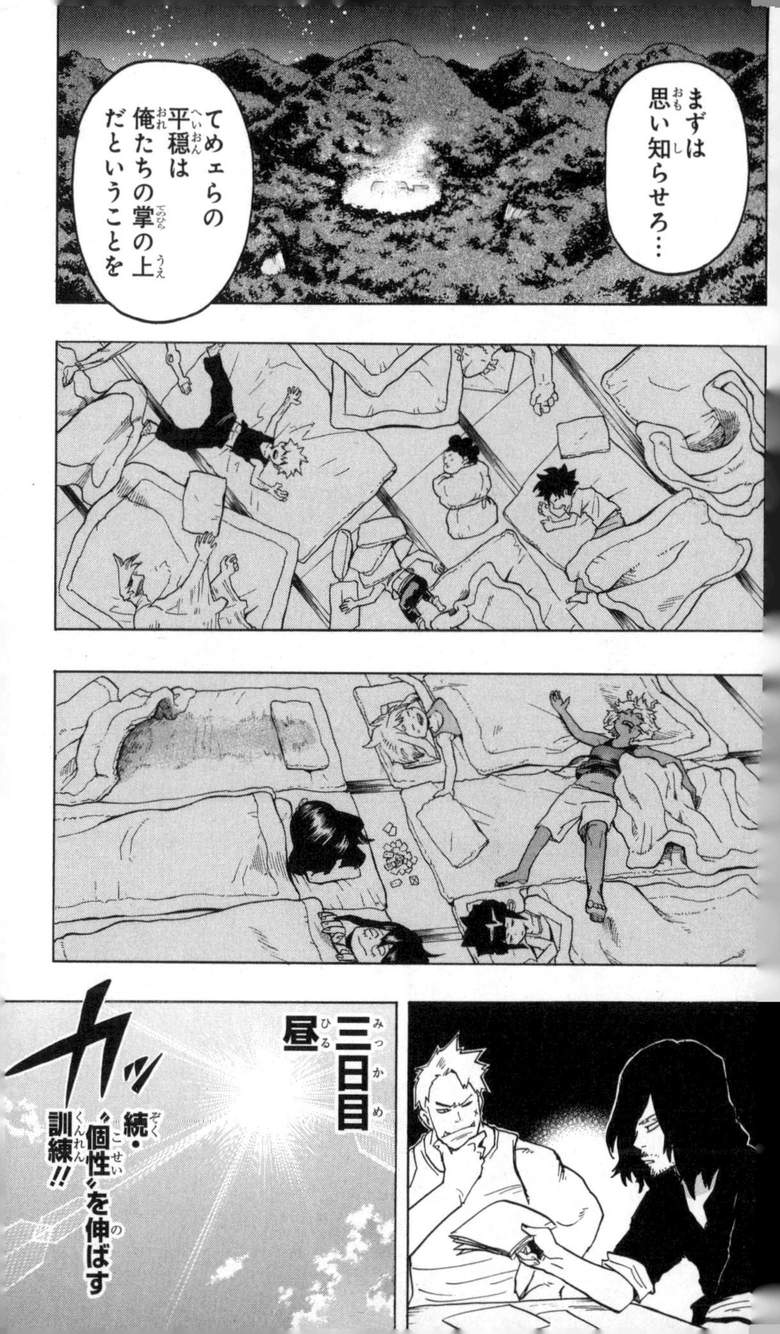
まずは
思《おも》い知《し》らせろ…
てめェらの
平穏《へいおん》は
俺《おれ》たちの掌《てのひら》の上《うえ》
だということを
三日目《みっかめ》
昼《ひる》
カッ
続《ぞく》・〝個性《こせい》〟を伸《の》ばす訓練《くんれん》!!

補習組《ほしゅうぐみ》
動《うご》き止《と》まってるぞ
オッス…‼
グイッ
すいません ちょっと… 眠《ねむ》くて…
グタ…
昨日《きのう》の〝補習《ほしゅう》〟が…
通常就寝《つうじょうしゅうしん》
補習就寝《ほしゅうしゅうしん》
起床時間《きしょうじかん》
だから言《い》ったろ キツイって
砂藤《さとう》・上鳴《かみなり》は 容量《キャパ》が直接《ちょくせつ》 死活《しかつ》に関《かか》わる
容量《ようりょう》を増《ふ》やすには 反復《はんぷく》して 使《つか》い続《つづ》けるのが 基本《きほん》
糖分80%
蓄電
発動
放出
瀬呂《せろ》は容量《ようりょう》に加《くわ》え テープの強度《きょうど》 射出速度《しゃしゅつそくど》の強化《きょうか》
芦戸《あしど》も 溶解液《ようかいえき》の 長時間使用《ちょうじかんしよう》によって 皮《ひ》フに限度《げんど》がある その耐久度《たいきゅうど》を強化《きょうか》
切島《きりしま》は筋力《きんりょく》と 硬度《こうど》を上《あ》げることで 相乗効果《そうじょうこうか》を狙《ねら》う

そして何《なに》より期末《きまつ》で露呈《ろてい》した立《た》ち回《まわ》りの脆弱《ぜいじゃく》さ!!
ギロ
おまえらが何故《なぜ》他《ほか》より疲《つか》れているかその意味《いみ》をしっかり考《かんが》えて動《うご》け
麗《うらら》日《か》!
青山《あおやま》!
おまえらもだ赤点《あかてん》こそ逃《のが》れたがギリギリだったぞ
げえっ
30点《てん》がラインだとして35点《てん》くらいだ
ギリギリ!
心外《しんがい》☆
気《き》を抜《ぬ》くなよ皆《みんな》もダラダラやるな
何《なに》をするにも原点《げんてん》を常《つね》に意識《いしき》しとけ
向上《こうじょう》ってのはそういうもんだ
何《なん》の為《ため》に汗《あせ》かいて何《なん》の為《ため》にこうしてグチグチ言《い》われるか
常《つね》に頭《あたま》に置《お》いておけ

原点《げんてん》…
原点《げんてん》
原点《げんてん》…
!
そういえば 相澤先生《あいざわせんせい》 もう三日目《みっかめ》ですが
フラリ…
言《い》ったそばから フラっとくるな
今回《こんかい》オールマイト… あ いや 他《ほか》の先生方《せんせいがた》って 来《こ》ないんですか？
合宿前《がっしゅくまえ》に 言《い》った通《とお》り
敵《ヴィラン》に動向《どうこう》を 悟《さと》られぬよう 人員《じんいん》は 必要最低限《ひつようさいていげん》
よって あちしら4人《にん》の 合宿先《がっしゅくさき》ね
そして特《とく》に オールマイトは
敵側《ヴィランがわ》の目的《もくてき》の一《ひと》つと 推測《すいそく》されている以上《いじょう》 来《き》て貰《もら》うわけには いかん
良《よ》くも悪《わる》くも 目立《めだ》つからこうなるんだ あの人《ひと》は…
〝悪《わる》くも〟の 割合《わりあい》でかそう…
そっか……

ねこねこねこ…それより皆《みんな》！今日《きょう》の晩《ばん》はねぇ…
クラス対抗《たいこう》肝試《きもだめ》しを決行《けっこう》するよ！
しっかり訓練《くんれん》した後《あと》はしっかり楽《たの》しいことがある！ザ！アメとムチ！
ああ…忘《わす》れてた！
怖《こわ》いのマジやだぁ…
闇《やみ》の狂宴《きょうえん》…
イベントらしい事《こと》もやってくれるんだ
フフフ…
対抗《たいこう》ってところが気《き》に入《い》った
というわけで今《いま》は全力《ぜんりょく》で励《はげ》むのだぁ!!!
イエッサァ!!!
原点《げんてん》…
オールマイト…

トトトト…
爆豪《ばくごう》くん 包丁《ほうちょう》使《つか》うのウマ！ 意外《いがい》やわ…!!
意外《いがい》って何《なん》だコラ 包丁《ほうちょう》に 上手《うま》い下手《へた》なんざ ねえだろ!!
ドドドド
出《で》た！ 久々《ひさびさ》に才能《さいのう》マン
皆《みんな》 元気《げんき》すぎ…
オールマイトに何《なに》か 用《よう》でもあったのか？
相澤先生《あいざわせんせい》に 聞《き》いてたろ
ああ…っと …うん 洸汰《こうた》くんの ことで…
洸汰《こうた》？ 誰《だれ》だ？
ええ!? あの子《こ》だよ ホラ えと…
あれ…また いない
その子《こ》がさ ヒーロー…… いや
ひみつきち かな…
本当《ほんとう》に…嫌《いや》なんだな…
"個性《こせい》"ありきの 超人社会《ちょうじんしゃかい》そのものを 嫌《きら》ってて
僕《ぼく》は何《なに》も その子《こ》の為《ため》に なるような事《こと》 言《い》えなくてさ

オールマイトなら……
何《なん》て返《かえ》してたんだろって思《おも》って…
…轟《とどろき》くんなら
何《なん》て言《い》う？
……………場合《ばあい》による
コ…そりゃ場合《ばあい》によるけど…!!
素姓《すじょう》もわかんねぇ通《とお》りすがりに正論《せいろん》吐《は》かれても煩《わずら》わしいだけだろ
大事《だいじ》なのは
〝何《なに》をした・何《なに》をしてる人間《にんげん》に〟言《い》われるか…だ
言葉《ことば》単体《たんたい》だけで動《うご》くようならそれだけの重《おも》さだったってだけで…
言葉《ことば》には常《つね》に行動《こうどう》が伴《ともな》う……と思《おも》う

小心者《しょうしんもの》で〝無個性《むこせい》〟の君《きみ》だったから!!!
私《わたし》は動《うご》かされた!!
君《きみ》はヒーローになれる
…そうだね 確《たし》かに…
通《とお》りすがりが何《なに》言《い》ってんだって感《かん》じだ
お前《まえ》がそいつをどうしてえのか知《し》らねえけど
デリケートな話《はなし》にあんまズケズケ首《くび》突《つ》っ込《こ》むのもアレだぞ
そういうの気《き》にせずぶっ壊《こわ》してくるからなお前《まえ》意外《いがい》と
…なんかすいません…
君《きみ》たち手《て》が止《と》まってるぞ!! 最高《さいこう》の肉《にく》じゃがを作《つく》るんだ!!
…さて!

腹《はら》もふくれた 皿《さら》も洗《あら》った！ お次《つぎ》は…
肝《きも》を試《ため》す時間《じかん》だー!!
その前《まえ》に 大変心苦《たいへんこころぐる》しいが
補習連中《ほしゅうれんちゅう》は…
これから 俺《おれ》と補習授業《ほしゅうじゅぎょう》だ
ウソだろ
すまんな 日中《にっちゅう》の訓練《くんれん》が思《おも》ったより 疎《おろそ》かになってたので こっちを削《けず》る
ズルズルズル
うわああ 堪忍《かんにん》してくれえ 試《ため》させてくれえ!!

はい というわけで 脅《おど》かす側《がわ》 先攻《せんこう》はB組《ビーぐみ》
もう スタンバってるよ
A組《エーぐみ》は 二人一組《ふたりひとくみ》で 3分《ぷん》置《お》きに出発《しゅっぱつ》
所要時間《しょようじかん》 約《やく》15分《ふん》！
ルートの真《ま》ん中《なか》に名前《なまえ》を 書《か》いたお札《ふだ》があるから それを持《も》って帰《かえ》ること！
闇《やみ》の狂宴《きょうえん》…
また言《い》ってる
賑《にぎ》やかしメンバーが 全員《ぜんいん》いないから 空気《くうき》が神妙《しんみょう》になってる
脅《おど》かす側《がわ》は 直接接触《ちょくせつせっしょく》 禁止《きんし》で
〝個性《こせい》〟を使《つか》った 脅《おど》かしネタを 披露《ひろう》してくるよ
創意工夫《そういくふう》で より多《おお》くの人数《にんずう》を 失禁《しっきん》させたクラスが 勝者《しょうしゃ》だ！
やめて下《くだ》さい 汚《きたな》い……
なるほど！ 競争《きょうそう》させる事《こと》で アイデアを推敲《すいこう》させ その結果《けっか》 〝個性《こせい》〟に更《さら》なる 幅《はば》が生《う》まれる というワケか
さすが雄英《ゆうえい》!!
二人一組《ふたりひとくみ》…あれ？ 20人《にん》で5人《にん》補習《ほしゅう》だから…

一人余《ひとりあま》る…！
くじ引《び》きだから…
必《かなら》ず誰《だれ》かこうなる運命《うんめい》だから…
おい尻尾《しっぽ》…代《か》われ…！
青山《あおやま》オイラと代《か》わってくれよ……
俺《おれ》は何《なん》なの…
12分後《ふんご》
じゃ5組《くみ》め…
ケロケロキティとウララカキティGO《ゴー》！
怖《こわ》いよ梅雨《つゆ》ちゃんめっちゃ悲鳴《ひめい》上《あ》がっとる…
響香《きょうか》ちゃんと透《とおる》ちゃんね 手《て》を繋《つな》ぐといいわ 大丈夫《だいじょうぶ》よ 私平気《わたしへいき》なの
カッカッカ

カッカッカッ
小大《こだい》
おまえの脅《おど》かし今《いま》んとこ全員《ぜんいん》ビクッてなってっぞ
ん
体張《からだは》るねえ唯《ゆい》
爆豪《ばくごう》と轟《とどろき》超《ちょう》ウケたなー
ズッ
ビク
ビク
お
『お』て！
てかちょっとさ…さっきから
微妙《びみょう》にこげ臭《くさ》くない？
あ――？そういえば…急《きゅう》に煙《けむり》っぽいのが…
フラ…
爆豪《ばくごう》たちビビって〝個性《こせい》〟ぶっ放《ぱな》しちまったんじゃ………
ドッ
骨抜《ほねぬき》!?
――っ!?

唯《ゆい》！
吸《す》っちゃダメ
この煙《けむり》――
ん!?
有毒《ゆうどく》!!
パキ
パキ
何《なに》このこげ臭《くさ》いの――………
?
黒煙《こくえん》……

さァ
始《はじ》まりだ
地《ち》に
堕《お》とせ
敵《ヴィラン》連合《れんごう》
〝開闢《かいびゃく》行動隊《こうどうたい》〟
ゴオオ

飼《か》い猫《ねこ》ちゃんはジャマね
何《なん》で…！
万全《ばんぜん》を期《き》したハズじゃあ……!!
何《なん》で……

何《なん》で敵《ヴィラン》がいるんだよォ!!!

ピクシーボブ!!
やばい…!
————…!!!
は
洸《こう》汰《た》くん!!

THE・個《こせい》伸《のばし》訓《くんれん》少《ちょっと》補《ほそく》のコーナー2

青山《あおやま》優雅《ゆうが》

ネビルレーザー

お腹《なか》が痛《いた》くなってもレーザーを射出《しゃしゅつ》し続《つづ》けることで、体《からだ》を慣《な》らす試《こころ》み。射出時間《しゃしゅつじかん》を延《の》ばせるようにです。

蛙吹《あすい》梅雨《つゆ》

蛙かえる

筋《きん》トレ。跳躍力《ちょうやくりょく》とベロ力《りょく》を鍛《きた》えています。

飯田《いいだ》天哉《てんや》

エンジン

描《か》いていませんが、外回《そとまわ》りをずっと走《はし》り込《こ》んでいます。

尾白《おじろ》猿夫《ましらお》

尻尾しっぽ

尾《お》を硬《かた》いものにぶつけることで、強度《きょうど》を上《あ》げる試《こころ》み。

上鳴《かみなり》電気《でんき》

帯電たいでん

通電《つうでん》を続《つづ》けることで、大《おお》きな電力《でんりょく》にも耐《た》えられる体《からだ》にする試《こころ》み。

口田《こうだ》甲司《こうじ》

生き物ボイスいきものぼいす

声《こえ》がより遠《とお》くまで届《とど》くよう発声練習《はっせいれんしゅう》をしています。

常闇《とこやみ》踏陰《ふみかげ》

黒影ダークシャドウ

暗闇《くらやみ》下《か》で〝黒影《ダークシャドウ》〟を従《したが》える試《こころ》み。洞窟内《どうくつない》から「ぎゃあああ」と聞《き》こえているコマがあるのですが、それが常闇《とこやみ》です。ケンカしてます。

障子《しょうじ》目蔵《めぞう》

複製腕ふくせいわん

複製《ふくせい》する速度《そくど》や複数《ふくすう》を複製《ふくせい》した際《さい》のコントロール調整《ちょうせい》に精《せい》を出《だ》しています。これだけはあまり辛《つら》くなさそう。

耳郎《じろう》響香《きょうか》

イヤホンジャック

ジャック部分《ぶぶん》を鍛《きた》えることで、音質《おんしつ》が良《よ》くなるので、ひたすら打《う》ちつけて鍛《きた》えています。例《れい》によって描《か》かれてはおりません。

あうう… 私《わたし》たちも肝試《きもだめ》し したかったぁ…
アメとムチっ つったじゃん アメは!?
サルミアッキ※ でもいい… アメを下《くだ》さい 先生《せんせい》…
ザッ
サルミアッキ 旨《うま》いだろ
ザッ
No.《ナンバー》74 狼煙《のろし》
今回《こんかい》の補習《ほしゅう》では 非常時《ひじょうじ》での立《た》ち回《まわ》り方《かた》を 叩《たた》き込《こ》む
ガラ…
周《まわ》りから遅《おく》れをとったっつう 自覚《じかく》を持《も》たねえと どんどん差《さ》ァ開《ひら》いてくぞ
広義《こうぎ》の意味《いみ》じゃ これもアメだ ハッカ味《あじ》の
ハッカは 旨《うま》いですよ…
あれぇ おかしいなァ!! 優秀《ゆうしゅう》なハズのA組《エーぐみ》から 赤点《あかてん》が5人《にん》も!?
B組《ビーぐみ》は一人《ひとり》だけ だったのに!? おっかしいなァ!!!
どういうメンタル してんだおまえ!!
HAHAHAHAHAHA
D.J

※北欧《ほくおう》のお菓子《かし》。世界一《せかいいち》マズいと言《い》われている。人《ひと》による。

昨日《きのう》も全《まった》く同《おな》じ煽《あお》りしてたぞ…
心境《しんきょう》を知《し》りたい
HAHAHAHA
ガタタ
ブラド 今回《こんかい》は演習《えんしゅう》入《い》れたいんだが
俺《おれ》も思《おも》ってたぜ 言《い》われるまでもなく!
皆《みんな》!!!
マンダレイの「テレパス」だ
にゃん
これ好《す》き—— ビクってする
交信《こうしん》出来《でき》るわけじゃないからちょい困《こま》るよな
静《しず》かに
敵《ヴィラン》二《に》名《めい》襲来《しゅうらい》!! 他《ほか》にも複数《ふくすう》いる可能性《かのうせい》アリ!
動《うご》ける者《もの》は直《ただ》ちに施設《しせつ》へ!! 会敵《かいてき》しても決《けっ》して交戦《こうせん》せず撤退《てったい》を!!

は……!?
何《なん》で敵《ヴィラン》が——……
ブラド
ここ頼《たの》んだ
俺《おれ》は生徒《せいと》の保護《ほご》に出《で》る
バッ
バレないんじゃなかった!!?
——…っ
考《かんが》えたくないな…!
!
ザッ…
ゴオオォ
……マズいな

心配《しんぱい》が先《さき》に立《た》ったか
イレイザーヘッド
——ブラド

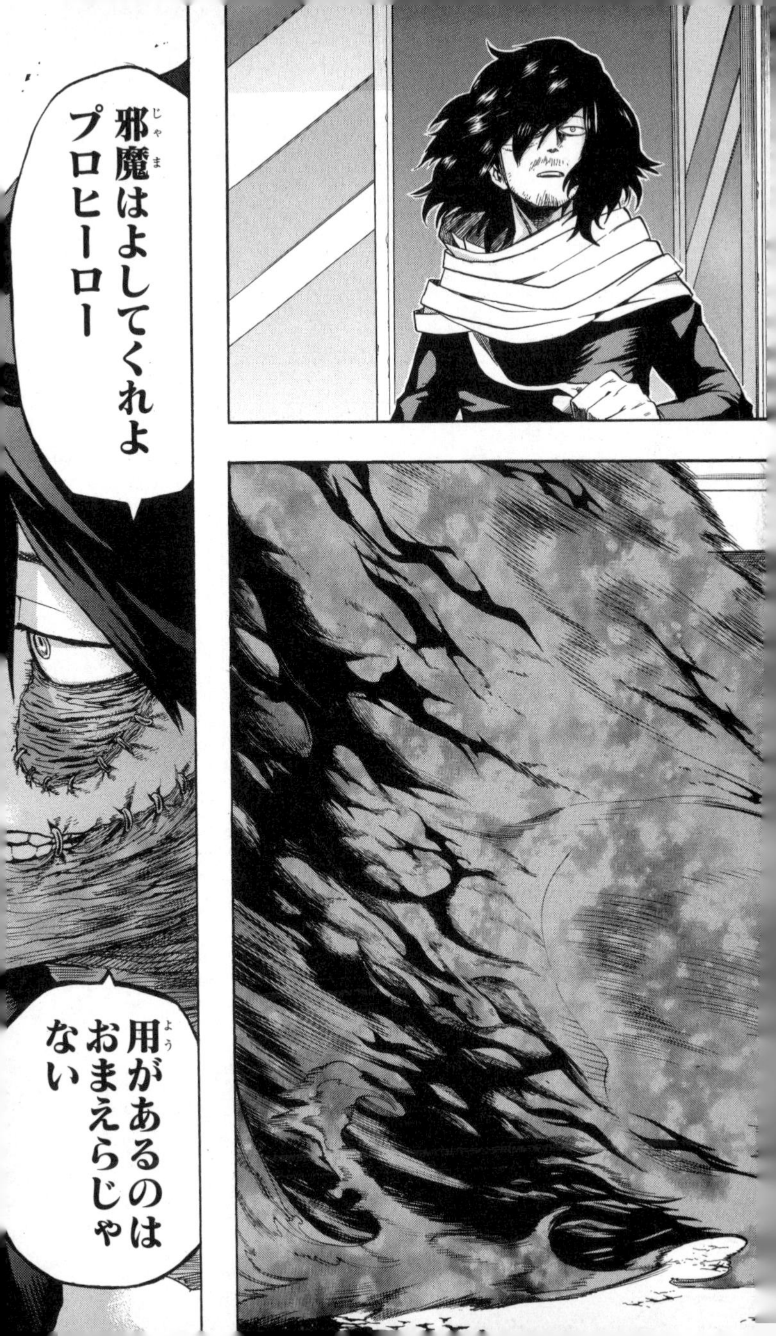
邪魔《じゃま》はよしてくれよプロヒーロー
用《よう》があるのはおまえらじゃない

ギャハハハハハハ
ご機嫌《きげん》よろしゅう
雄英高校《ゆうえいこうこう》!!
我《われ》ら敵連合《ヴィランれんごう》
開闢行動隊《かいびゃくこうどうたい》!!
敵連合《ヴィランれんごう》…!?
何《なん》でここに…!!
この子《こ》の頭《あたま》
潰《つぶ》しちゃおうかしら
どうかしら？
ねえ
どう思《おも》う？
ゴリ…
させぬわ このっ…
待《ま》て待《ま》て
早《はや》まるな
マグ姉《ねえ》！
ザ…
ス
虎《とら》もだ
落《お》ち着《つ》け
生殺与奪《せいさつよだつ》は
全《すべ》て
ステインの仰《おっしゃ》る主張《しゅちょう》に
沿《そ》うか否《いな》か!!

ステイン…！
あてられた連中《れんちゅう》か――……！
そして アァそう！
俺《おれ》は そうおまえ
君《きみ》だよメガネ君《くん》！
保須市《ほすし》にて
ステインの終焉《しゅうえん》を
招《まね》いた人物《じんぶつ》
申《もう》し遅《おく》れた
俺《おれ》はスピナー
彼《かれ》の夢《ゆめ》を
紡《つむ》ぐ者《もの》だ
ズン
わっ……
何《なん》でもいいがなあ
貴様《きさま》ら…！
その倒《たお》れてる女《おんな》…
ピクシーボブは
最近《さいきん》婚期《こんき》を
気《き》にし始《はじ》めててなぁ
女《おんな》の幸《しあわ》せ
掴《つか》もうって…
いい歳《とし》して
頑張《がんば》ってたんだよ

そんな女《おんな》の顔《かお》キズモノにして
男《おとこ》がヘラヘラ語《かた》ってんじゃあないよ
ヒーローが人《ひと》並《な》みの幸《しあわ》せを夢《ゆめ》見《み》るか!!
虎《とら》!!
「指示《しじ》」は出《だ》した!他《ほか》の生徒《せいと》の安否《あんぴ》はラグドールに任《まか》せよう
私《わたし》らは二人《ふたり》でここを押《お》さえる!!
皆《みんな》行《い》って!!良《い》い!? 決《けっ》して戦闘《せんとう》はしない事《こと》!
委員長《いいんちょう》引率《いんそつ》!
承知《しょうち》致《いた》しました!行《い》こう!!

……飯田《いいだ》くん
先行《さきい》ってて
緑谷《みどりや》くん!?
何《なに》を言《い》ってる!?
緑谷《みどりや》!!
マンダレイ!!
僕《ぼく》
知《し》ってます!!
オオ

ゴホッ
拳藤《けんどう》!!
鉄哲《てつてつ》!茨《いばら》!!
何《なに》そのマスク!?
ガサ
ガサ
A組《エーぐみ》の八百万《やおよろず》が近《ちか》くにいて創《つく》ってもらった!
泡瀬《あわせ》がB組《ビーぐみ》らの待機位置《たいきいち》を案内《あんない》して救助《きゅうじょ》にあたってる!
CREATY
使《つか》え
沢山《たくさん》貰《もら》った!
ありがと!
早《はや》く施設《しせつ》へ戻《もど》ろう
敵《ヴィラン》がどこにいるかもわからないし危《あぶ》ない…
ゴホッ
ケホッ
ガチャ

いや！
俺《おれ》は戦《たたか》う
塩崎《しおざき》や小大《こだい》の保護《ほご》
頼《たの》む
は!?
交戦《こうせん》はダメだって…
おまえはいつも物間《ものま》を窘《たしな》めるが…
心《こころ》のどこかで感《かん》じてなかったか!?
A組《エーぐみ》との差《さ》……
俺《おれ》ァ感《かん》じてたよ…！
同《おな》じ試験《しけん》で雄英入《ゆうえいはい》って同《おな》じカリキュラム
何《なに》が違《ちが》う？明白《めいはく》だ！奴《やつ》らにあって俺《おれ》たちになかったもの…
ピンチだ!!
奴《やつ》らはそいつをチャンスに変《か》えていったんだ！当然《とうぜん》だ！
人《ひと》に仇《あだ》なす連中《れんちゅう》にヒーローがどうして背《せ》を向《む》けられる!?

止《と》めるな拳藤《けんどう》！1年《ねん》B《ビー》組《ぐみ》ヒーロー科《か》！ここで立《た》たねばいつ立《た》てる!?
見《み》つけ出《だ》して俺《おれ》が必《かなら》ずぶっ叩《たた》く!!
ガチッ
……！
洸汰《こうた》……！
ゴオオオ
洸汰《こうた》聞《き》いてた!?すぐ施設《しせつ》に戻《もど》って！私《わたし》ごめんね 知《し》らないの
あなたがいつもどこへ行《い》ってるか…ごめん洸汰《こうた》!!救《たす》けに行《い》けない！すぐ戻《もど》って!!

見晴《みは》らしの良《い》いとこを探《さが》して来《き》てみれば どうも
資料《しりょう》になかった顔《かお》だ
なァところで センスの良《い》い帽子《ぼうし》だな 子《こ》ども
ズン
ズン
俺《おれ》の このダセエマスクと 交換《こうかん》してくれよ
新参《しんざん》は 納期《のうき》がどうとかって こんなオモチャ つけられてんの
ゲイ…
あオイ
うぁ…
THOM

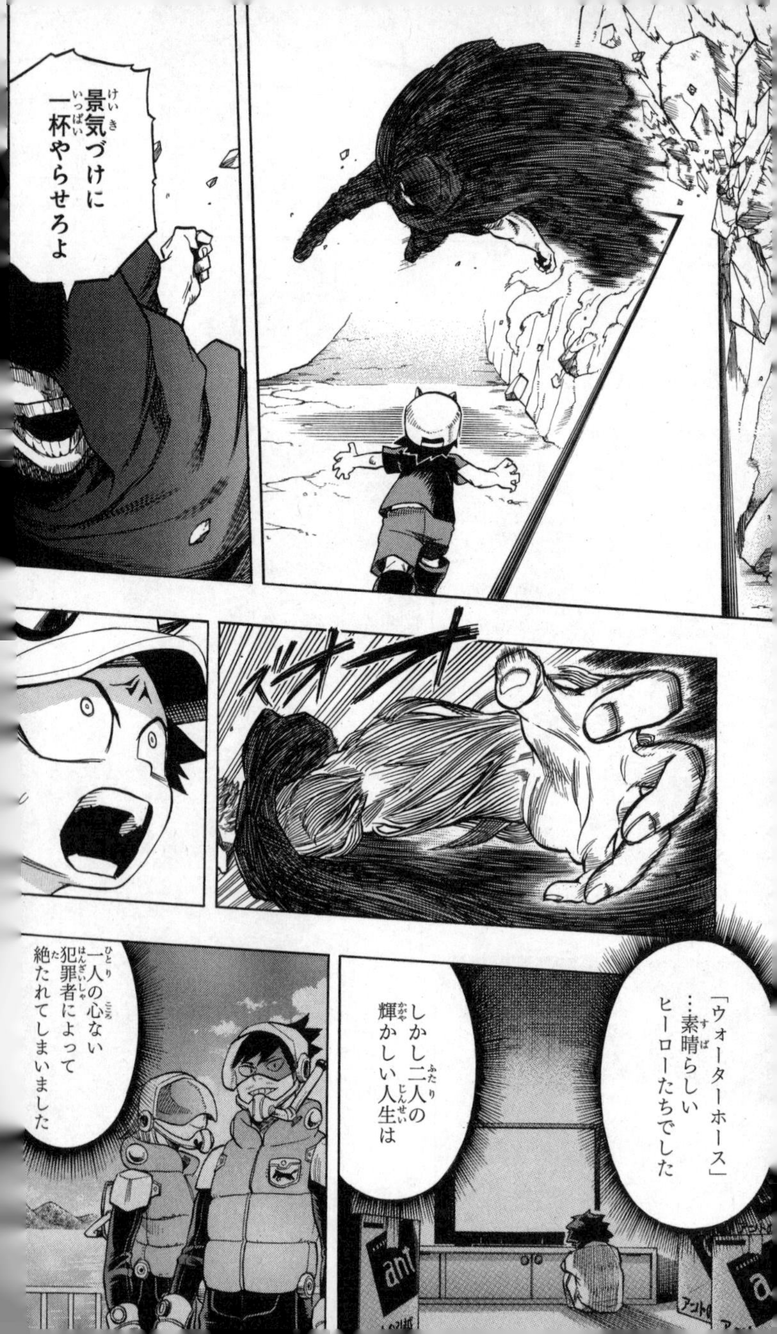
景気《けいき》づけに一杯《いっぱい》やらせろよ
「ウォーターホース」…素晴《すば》らしいヒーローたちでした
しかし二人《ふたり》の輝《かがや》かしい人生《じんせい》は
一人《ひとり》の心《こころ》ない犯罪者《はんざいしゃ》によって絶《た》たれてしまいました

犯人《はんにん》は現在《げんざい》も逃走《とうそう》を続《つづ》けており警察《けいさつ》とヒーローが行方《ゆくえ》を追《お》っております
おまえ…!!
"個性《こせい》"は単純《たんじゅん》な増強型《ぞうきょうがた》で非常《ひじょう》に危険《きけん》です
この顔《かお》を見《み》かけたらすぐに110番及《ばんおよ》びヒーローに通報《つうほう》を…尚現在左眼《なおげんざいひだりめ》に
ウォーターホースに受《う》けた傷《きず》が残《のこ》っていると思《おも》われ——…
パパ…!
ママッ…

CK

CR

ぐぁ！
っつ…
THUD
THUD
ズザ…
何《なん》で…!!
んん？おまえは…リストにあったな
ゲホッ
ゴホッ
ハアッ！
敵《ヴィラン》と接触《せっしょく》させない為《ため》に来《き》たのに…
ピンポイントで敵《ヴィラン》がいるなんて…！
くそっ…今《いま》のでケータイ壊《こわ》れた！
皆《みんな》にここを知《し》らせず来《き》ちゃった…
となると前《まえ》みたいに増援《ぞうえん》は望《のぞ》めない…
一人《ひとり》だ…僕一人《ぼくひとり》…！
一人《ひとり》で何《なん》とかこの敵《ヴィラン》を!!
洸汰《こうた》くんを守《まも》りつつ──…
やれるかどうか──…

――じゃない‼
だいっ…大丈夫《だいじょうぶ》だよ洸汰《こうた》くん…
やるしかないんだ今《いま》
僕《ぼく》一人《ひとり》で‼
必《かなら》ず救《たす》けるから

HERO

ワイルド・ワイルド・プッシーキャッツ
虎《とら》(31)
(茶虎《ちゃとら》 柔《やわら》)

THE SHIFUKU

Birthday《バースデイ》：2/29
Height《ハイト》：190cm《センチ》
好《す》きなもの：メンバー

THE《ザ》・裏話《うらばなし》

・元女性《もとじょせい》。
昔《むかし》タイに行《い》ったのです。

ゴオオ
No.《ナンバー》75 賭《と》せ！ヒーロー
くっそ…!!
このガスも敵《ヴィラン》の仕業《しわざ》か
他《ほか》の奴《やつ》らが心配《しんぱい》だが仕方《しかた》ねえ
ゴール地点《ちてん》を避《さ》けて施設《しせつ》に向《む》かうぞ
ここは中間《ちゅうかん》地点《ちてん》にいたラグドールに任《まか》せよう
あちきだよーー!!
指図《さしず》してんじゃね…
ザ
!?
人《ひと》…………!?

おい 俺《おれ》らの前《まえ》誰《だれ》だった…!?
ボソ
きれいだ きれいだよ
ボソ
ダメだ 仕事《しごと》だ
ボソ
見《み》とれてた ああいけない…
常闇《とこやみ》と…
障子《しょうじ》…!!
きれいな肉面《にくめん》
ああ もう 誘惑《ゆうわく》するなよ…………
仕事《しごと》しなきゃ
ボソ
交戦《こうせん》すんなだぁ…!?

THE BEAST'S FOREST LIVE VIEW
・Villains 10
・Pro Heroes 6
・Students 40
Pro《プロ》
物間《ものま》
芦戸《あしど》
切島《きりしま》
砂藤《さとう》
瀬呂《せろ》
上鳴《かみなり》
Pro《プロ》
Villain《ヴィラン》
飯田《いいだ》
尾白《おじろ》
口田《こうだ》
峰田《みねた》
緑谷《みどりや》
洸汰《こうた》
Villain《ヴィラン》
蛙吹《あすい》
麗日《うららか》
鉄哲《てつてつ》
拳藤《けんどう》
小大《こだい》
骨抜《ほねぬき》
Villain《ヴィラン》
八百万《やおよろず》
泡瀬《あわせ》
?
MID POINT
Pros《プロ》
Villains《ヴィラン》
爆豪《ばくごう》
円場《つぶらば》
轟《とどろき》
Villain《ヴィラン》
Pro《プロ》

てめェらのような
利己的《りこてき》な
ヒーローもどきは
粛清《しゅくせい》対象《たいしょう》だ！
スピナー
敵《ヴィラン》ながら
かっこいい
じゃない♡
好《こ》みの
顔《かお》してる
え？
なに照《て》れてんの
ウブね
ザッ
SLASH
でえ!!?

なんて…っ
不潔《ふけつ》な手《て》を！
尻軽《しりがる》めが!!
グン
!?
わぁ!?
おいで
飼《か》い猫《ねこ》ちゃん
そう同《おな》じ手《て》！
させぬわ!!
CRACK
きゃっ
引石健磁《ひきいしけんじ》
敵名《ヴィランめい》
「マグネ」
強盗致傷《ごうとうちしょう》9件《けん》
殺人《さつじん》3件《けん》
殺人未遂《さつじんみすい》29件《けん》

やだ私《わたし》有名人《ゆうめいじ》…
んっ
何《なに》をしに来《き》た犯罪者《はんざいしゃ》
虎《とら》!! おかしいよ…! まだラグドールの応答《おうとう》がない
いつもならすぐ連絡《れんらく》よこすのに…!
ニヤ…

必《かなら》ず
救《たす》ける…って？はぁははは…
さすがヒーロー志望者《しぼうしゃ》って感《かん》じだな
どこにでも現《あらわ》れて正義面《せいぎづら》しやがる
ズルル…
――……
ジリ…
緑谷《みどりや》ってやつだろおまえ？ちょうどいいよ
おまえは率先《そっせん》して殺《ころ》しとけってお達《たつ》しだ
ズ
ズッ

じっくり
いたぶってやっから
血《ち》を見《み》せろ
来《く》

DOM
あ
いけね
そう
そう
ド
知《し》ってたら
教《おし》えてくれよ

爆豪《ばくごう》ってガキはどこにいる？
一応《いちおう》仕事《しごと》はしなくちゃあ…
かっちゃん──!?
THOM
よ！
ふっ
目的《もくてき》はかっちゃん!? 何《なん》で──……
答《こた》えは〝知《し》らない〟でいいか？
いいな？ よしじゃあ…

遊《あそ》ぼう！
!!?
SMACK
ドドッ
はっはは！
血《ち》だ！
いいぜ これだよ
楽《たの》しいや！
何《なん》だっけ!?
必《かなら》ず救《たす》けるんだろ!?
何《なん》で逃《に》げるんだよ!?
オッカシイぜ おまえ!!
ぐっ…
あの筋《すじ》みたいな"個性《こせい》"
なんて速《はや》さ…！
なんて威力《いりょく》…！
ダメだ
かっちゃんの事《こと》は
今《いま》は考《かんが》えるな…！
集中《しゅうちゅう》しろ！
目《め》の前《まえ》の敵《てき》に！

SMASH
なんだ？それが"個性《こせい》"か!?
いい速《はや》さだが
力《ちから》が足《た》りてねえ！
SMACK
ぐあっ

俺《おれ》の〝個性《こせい》〟は筋肉増強《きんにくぞうきょう》
皮下《ひか》に収《おさ》まんねえ程《ほど》の筋繊維《きんせんい》で底上《そこあ》げされる速《はや》さ!! 力《ちから》!!
ズ
ズ
ズ
何《なに》が言《い》いてぇかって!? 自慢《じまん》だよ! つまりおまえは俺《おれ》の――…
完全《かんぜん》な劣等型《れっとうがた》だ!
わかるか俺《おれ》の今《いま》の気持《きも》ちが!? 笑《わら》えて仕方《しかた》ねえよ!
ゲホ
ガハ
必《かなら》ず救《たす》ける!? どうやって!?
実現不可《じつげんふか》のキレイ事《ごと》のたまってんじゃねえよ!
自分《じぶん》に正直《しょうじき》に
生《い》きようぜ!!

GOh
ウォーターホース……パパ…ママ…も
そんな風《ふう》にいたぶって…殺《ころ》したのか…！
――…!!
ああ…？マジかよヒーローの子《こ》どもかよ？
ザ…
運命的《うんめいてき》じゃねぇの

ウォーターホース
この俺《おれ》の左眼《め》を義眼《ぎがん》にしたあの二人《ふたり》だ
おまえのせいで…おまえみたいな奴《やつ》のせいで
いつもいつもこうなるんだ!!
…………ガキはそうやってすぐ責任転嫁《せきにんてんか》する
よくないぜ
俺《おれ》だって別《べつ》にこの眼《め》のこと恨《うら》んでねえぞ?
俺《おれ》は〝殺す《やりたい》〟ことやって
あの二人《ふたり》はそれを止《と》めたがった
お互《たが》いやりてえことやった結果《けっか》さ
悪《わる》いのは出来《でき》もしねえことをやりたがってた…
ズズ…
ビク…

てめェのパパとママさ
っとなったら
そうくるよな!? ボロ雑巾《ぞうきん》!

悪《わる》いの
おまえだろ!!
スピードも劣《おと》る
ダメージも与《あた》えられない!
こいつは強《つよ》い!!
救《たす》けは来《こ》ない!!
なら——…

これで
速《はや》さは
関係《かんけい》ない
メキ
メキ
折《お》れて使《つか》えねえ腕《うで》を
筋繊維《きんせんい》に絡《から》めて……!!
で 何《なん》だ!?
力不足《ちからぶそく》の その
腕《うで》で殴《なぐ》るのか!?
できるできない
じゃないんだっ…
THUD
ヒーローは!!

命《いのち》を賭《と》して
ワン・フォー・オール
キレイ事《ごと》実践《じっせん》するお仕事《しごと》だ！
100%《パーセント》!!

THE・SHIFUKU

HERO

ワイルド・ワイルド・プッシーキャッツ

ラグドール(31)

(知床《しれとこ》 知子《ともこ》)

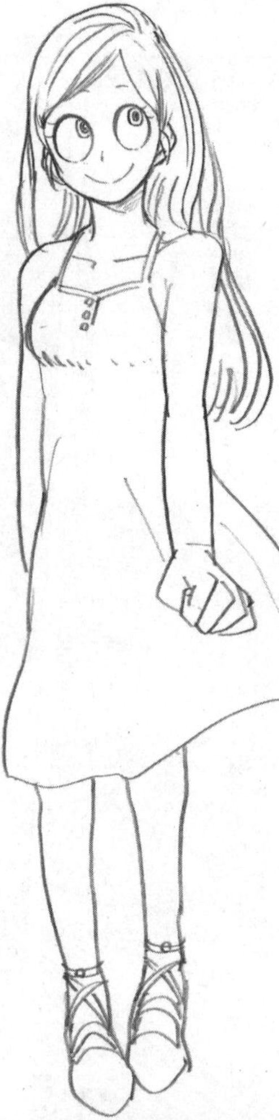

Birthday《バースデイ》：4/8

Height《ハイト》：166cm《センチ》

好《す》きなもの：虎《とら》

マンダレイ

ピクシーボブ

THE《ザ》・裏話《うらばなし》

・明《あか》るい人《ひと》。

・4人《にん》でプロチームを組《く》もうと
言《い》ったのは、この人《ひと》です。

No.《ナンバー》76 僕《ぼく》のヒーロー

THE HEROES

THE VILLAINS

MY HERO ACADEMIA

僕《ぼく》のヒーローアカデミア

うわあ!!
THUD
THUD
わっ
うわあああ!?
ガク
ググ…
ごえ《め》んっ……
ふっおあひえ《ぶっとばして》……!

あ…ありが
！
ガッ
ボロ
ブラン…
ハア…
ハア…
ゾワ…
何《なん》で…
施設《しせつ》に行《い》こう…
こっからは
ガラ…
近《ちか》………
ユラ…

ウソだ…
ハァ…
ハァ…
ウソだろ……
ズズ
ズルル
100%《パーセント》だぞ…!?
オールマイトの――――……
ズルルル
力《ちから》だぞ!!?
テレフォンパンチだ
しかしやるなあ!
緑谷《みどりや》…!!

ザ…
くっ
来《く》るな!
ザッ
やだよ
行《い》くね
俄《が》然《ぜん》
ダメだ…! どうしよう
考《かんが》えろ 考《かんが》える時間《じかん》…!!
なっな何《なに》が
したいんだよ!!
敵連合《ヴィランれんごう》は何《なに》が…!!
ザッ……
知《し》るかよ
ゴッ
俺《おれ》ァただ
暴《あば》れてえだけだ
ハネのばして
〝個性《こせい》〟ぶっ放《ぱな》せれば
何《なん》でも良《い》いんだ
覚《おぼ》えてるか?
さっきまでのは
遊《あそ》びだ!
ボロ
ボロ
俺《おれ》言《い》ってたよな!?
遊《あそ》ぼうって!! な!?
言《い》ってたんだよ!
やめるよ!
遊《あそ》びは終《しま》いだ!
おまえ強《つよ》いもん!
こっからは……

グリ
本気《ほんき》の義眼《め》だ
え……
洸汰《こうた》くんつかまって‼

ドドドドドド
ドドド
ッヘ……

さっきまでと比《くら》べものにならない…!
速《はや》さも力《ちから》も…!!
遊《あそ》びだったんだ…!
本当《ほんとう》に――
遊《あそ》び感覚《かんかく》で
殺《ころ》そうとしてたんだ
タッ
THOOM
ガッ
ぶわ!!
あクソ 勢《いきお》いあまった
ダメだ…!!
ドッ
ぐっ…!
ドサッ

施設《しせつ》まで行《い》ければ相澤先生《あいざわせんせい》がいるハズ！
ダメだ!!
先生《せんせい》に〝消《け》して〟もらえれば…
ビビるな!!
ここから施設《しせつ》までの距離《きょり》を追《お》いつかれずにいけるか!?
ムリだ
ただでさえ合宿《がっしゅく》の疲労《ひろう》がたまってるそんな状態《じょうたい》で背《せ》を見《み》せて獣道《けものみち》を…
考《かんが》えるな！
今《いま》！ここで！戦《たたか》って!!勝《か》つしか!!!!
おまえに道《みち》はないんだ緑《みどり》谷《や》出《いず》久《く》！
救《たす》けるんだろ!!
ズズズ…
おまえの原点《げんてん》を
思《おも》い出《だ》せ!!

下《さ》がってて
洸汰《こうた》くん
離《はな》れすぎると 的《まと》になる ……うん… 7歩《ほ》…くらい…で
ぶつかったら 全力《ぜんりょく》で施設《しせつ》へ 走《はし》るんだ
ぶつかったらって… おまえ まさか!
ムリだ 逃《に》げよう おまえの攻撃《こうげき》 効《き》かなかったじゃん!! それに…………
ズキ
グッ
両腕《りょううで》 折《お》れて…
大丈夫《だいじょうぶ》
ワン・フォー・オール100%《パーセント》!

スマッシュ!!
〜〜〜っってえぇ
どうしたぁ
ブチ
さっきより弱《よえ》えぞ!!!

デトロイト
——……じょうぶ……
大《だい》丈《じょう》ぶ!!

こっから後《うし》ろには
絶対《ぜったい》行《い》かせない!!
からっ…
走《はし》れ!!
走《はし》れ!!
んのガキが
てめェエ

最《さい》っ高《こう》じゃねえか!!!
ゔゔ…
つるせえええええええ
ググ
何《なん》で……

血《ち》イイイイイ
ドオ
見《み》せろやあ!!
ヒーローとは常《つね》にピンチをぶち壊《こわ》していくもの!!
バチ
ごめんお母《かあ》さん!!
お母《かあ》さん!!!ごめん!!
ボゴ
オールマイト!!オールマイト!!!
敵《ヴィラン》よこんな言葉《ことば》を知《し》っているか!!?
オールマイ
一発《いっぱつ》一発《いっぱつ》が100%《パーセント》以上《いじょう》の…!!
潰《つぶ》れちまええ!!!

SPLASH
!?
サアアア
水《みず》!?
やっ
やめろ
オオオ!!
洸太《こうた》くん!!
後《あと》でな! な!?
後《あと》で殺《ころ》してやっから
待《ま》っ――……
グン

!?
ブチン
バチン
ころっ
させてええええ
気《き》をとられた一瞬《いっしゅん》に……
いや待《ま》て しかし
パワー……
バチ
ブチッ
ググググ
上《あ》がってねえか!!?
ワン・フォー・オール
ブチン
1000000%《パーセント》
バチン
たまるかああああああ

デラウェア・デトロイト
SMASH
スマッシュ!!!

洸汰《こうた》
あんたのパパとママ
…ウォーターホースはね
確《たし》かにあんたを
遺《のこ》して逝《い》ってしまった
でもね
そのおかげで
守《まも》られた命《いのち》が
確《たし》かにあるんだ
………何《なに》も
知《し》らないくせに……!
あんたもいつか
きっと出会《であ》う時《とき》がくる
そしたらわかる
何《なん》で!!
何《なに》も……!
知《し》らないくせに

命《いのち》を賭《と》して
あんたを救《すく》う
あんたにとっての——…
何《なん》でっ… そこまで……!
僕《ぼく》の——…
僕《ぼく》のヒーロー
No.《ナンバー》76 僕《ぼく》のヒーロー

君のヒーローアカデミア
—Fear—
ウわーー!!?
ズッ
ビッ
わあー!!!
DEAD
ん

No.《ナンバー》77
いいよ
同時刻《どうじこく》
本当《ほんとう》に彼《かれ》らのみで大丈夫《だいじょうぶ》でしょうか？
うん
俺《おれ》の出《で》る幕《まく》じゃない
ゲームが変《か》わったんだ
今《いま》まではさRPG《ロールプレイングゲーム》でさ
装備《そうび》だけ万端《ばんたん》で…レベル1のままラスボスに挑《いど》んでた
やるべきはSLG《シミュレーションゲーム》だったんだよ
俺《おれ》はプレイヤーであるべきで
使《つか》えるコマを使《つか》って
格上《かくうえ》を切《き》り崩《くず》していく…

その為《ため》まず超人社会《ちょうじんしゃかい》にヒビを入《い》れる
開闢行動隊《かいびゃくこうどうたい》奴《やつ》らは成功《せいこう》しても失敗《しっぱい》してもいい
そこに来《き》たって事実《じじつ》がヒーローを脅《おびや》かす
捨《す》てゴマですか……
バカ言《い》え！俺《おれ》がそんな薄情者《はくじょうもの》に見《み》えるか？奴《やつ》らの強《つよ》さは本物《ほんもの》だよ
向《む》いてる方向《ほうこう》はバラバラだが頼《たよ》れる仲間《なかま》さ
法律《ルール》で雁字搦《がんじがら》めの社会《しゃかい》
抑圧《よくあつ》されてんのはこっちだけじゃない…

成功《せいこう》を 願《ねが》ってるよ
ハァ
ハァ
ズキ
ズキ
フラ…
あ オイ…

ダッ
大丈夫《だいじょうぶ》…!
まだやらなきゃいけない事《こと》がある……
トッテケテ
フラ
フラ
そんなボロボロで何《なに》をしなきゃいけねんだよ…!
ズグッ
防御《ぼうぎょ》されるのはわかってた…だからこそ撃《う》ったんだ
?
そこを差《さ》し引《ひ》いても大《だい》ダメージを与《あた》えると思《おも》ってた
でも…思《おも》ったより遥《はる》かに強《つよ》い敵《ヴィラン》だったんだよ
じわ…
もしこの夜襲《やしゅう》に来《き》た敵《ヴィラン》が全員《ぜんいん》このレベルなら
皆《みんな》が危《あぶ》ない
その上《うえ》狙《ねら》いは僕《ぼく》ら生徒《せいと》かもしれない
その事《こと》を相澤先生《あいざわせんせい》やプッシーキャッツに伝《つた》えなきゃ

僕《ぼく》が動《うご》いて救《たす》けられるなら
動《うご》かなきゃいけないだろ
ごくっ
ひとまずこの敵《ヴィラン》は放置《ほうち》しとく
ボロボロの腕《うで》で威力《いりょく》は落《お》ちてたろうけど
それでも相当《そうとう》なダメージのハズ……
すぐには起《お》きないと思《おも》うし起《お》きてもまともには動《うご》けないと思《おも》う
何《なに》よりまず君《きみ》を守《まも》らなきゃいけない
え？
君《きみ》にしか出来《でき》ないことがある

森《もり》につけられてる火《ひ》を
あれじゃどの道《みち》閉《と》じ込《こ》められちゃう
わかるかい?
君《きみ》のその〝個性《こせい》〟が必要《ひつよう》だ
僕《ぼく》らを救《たす》けて
さっきみたいに
さぁおぶさって! まず君《きみ》を施設《しせつ》に預《あず》けなきゃ
その怪我《けが》で… 動《うご》けるのかよ…!?
くるり
その為《ため》に脚《あし》を残《のこ》した!

爆豪《ばくごう》ってガキはどこにいる?
嫌《いや》な予感《よかん》がする……!
数分前《すうふんまえ》
相澤《あいざわ》・荼毘《だび》接触直後《せっしょくちょくご》
ジジ…
まァ…

プロだもんな
出《で》ねえよ
うおっ
バシッ

ゴッ
グイ
CRACK
グルン

目的《もくてき》・人数《にんずう》・配置《はいち》を言《い》え
何《なん》で?
ザザ…
こうなるからだよ
ゴキッ
――っ!!
次《つぎ》は右腕《みぎうで》だ合理的《ごうりてき》にいこう
足《あし》まで掛《か》かると護送《ごそう》が面倒《めんどう》だ
メラ…
焦《あせ》ってんのかよ?イレイザー

ドオ…ン…
!
グッ
ゴキ
何《なん》だ……
先生《せんせい》!!!
ザッ
!
クラ…
ダメージが…
そろそろ・・・
ダメだな…
さすがに
雄英《ゆうえい》の教師《きょうし》を
務《つと》めるだけは
あるよ
なあ
ヒーロー
グイッ

ズル
生徒《せいと》が大事《だいじ》か？
!?
さっきの発火《はっか》が〝個性《こせい》〟じゃないのか!?
ドロ
守《まも》りきれるといいな……
また会《あ》おうぜ
GLOMP
先生《せんせい》今《いま》のは…!!

ドオオ…ン
……中《なか》入《はい》っとけ
すぐ戻《もど》る
あ——ダメだ 荼毘《だび》!! おまえ!
SLASH
SLASH
やられた! 弱《よわ》!! ザコかよ!!!
もうか… 弱《よえ》えな 俺《おれ》
ハァン!?
バカ言《い》え!! 結論《けつろん》を急《いそ》ぐな おまえは強《つよ》いさ! この場合《ばあい》はプロがさすがに強《つよ》かったと考《かんが》えるべきだ
もう一回《いっかい》 俺《おれ》を増《ふ》やせ トゥワイス
プロの足止《あしど》めは 必要《ひつよう》だ
ザコが何度《なんど》やっても 同《おな》じだっての!! 任《まか》せろ!!

ガサ
ガサ
ズク
ハッ
ズク
ハッ
もう…すぐそこだ
おい！あれ！
先生《せんせい》!!
緑《みどり》…
ザッ
先生《せんせい》！
良《よ》かった！
ボロ…
大変《たいへん》なんです…！
伝《つた》えなきゃいけないことがたくさんあるんですけど
わー
おい…
わー
とりあえず
僕《ぼく》マンダレイに伝《つた》えなきゃいけないことがあって…

洸汰《こうた》くんを お願《ねが》いします
水《みず》の〝個性《こせい》〟です 絶対《ぜったい》に守《まも》って下《くだ》さい！
おいって…
お願《ねが》いします！
ダッ
待《ま》て緑谷《みどりや》!!!
ハァ…
その怪我《けが》…また やりやがったな
ハイに なってやがる
資格未取得者《しかくみしゅとくしゃ》が 〝個性《こせい》〟で危害《きがい》を加《くわ》えたこと
これは立派《りっぱ》な 規則違反《きそくいはん》だワン
あ… いやっ でも…
だから
彼女《かのじょ》にこう 伝《つた》えろ

あーんもう近《ちか》い！アイテム拾《ひろ》わせて!!
ガ
ガ
ガ
此奴《こやつ》…我《われ》のキャットコンバットを読《よ》んだ動《うご》きを…!!
ガガガガ
しつこっ…
LEAP
い…のはおまえだニセ者《もの》！
とっととシュクセーされちまっ

SMASH!!
ええ!?
マンダレイ!!
洸汰《こうた》くん!
無事《ぶじ》です!
君《きみ》……
ぶっ!!!
っ!!!
相澤先生《あいざわせんせい》からの
伝言《でんごん》です!
テレパスで伝《つた》えて!!

あの言《い》い草《ぐさ》は完全《かんぜん》に
生徒《せいと》がターゲット…
なら
やむを得《え》ないだろう
生存率《せいぞんりつ》の話《はなし》だ！
自衛《じえい》の術《すべ》を――！
あとで処分《しょぶん》受《う》けんのは
A組《エーぐみ》B組《ビーぐみ》
総員《そういん》――
俺《おれ》だけでいい
プロヒーロー
イレイザーヘッドの
名《な》に於《お》いて

CREATY
戦闘《せんとう》を
許可《きょか》する!!
こんな訳《わけ》も
わからんまま
やられるなよ
卵《たまご》ども!

THE「いいよ」について。

〝個性《こせい》〟で他人《たにん》を傷《きず》つけるのは基本《きほん》ルール違反《いはん》です。
なので公共《こうきょう》の場《ば》などでは〝個性《こせい》〟の使用《しよう》を禁《きん》じられています。
(防衛手段《ぼうえいしゅだん》としての使用《しよう》は許《ゆる》されています。攻撃《こうげき》されたとして、それを防《ふせ》ぐといった具合《ぐあい》に)
グーで殴《なぐ》るとか組《く》み伏《ふ》せるといった通常《つうじょう》の正当防衛《せいとうぼうえい》と違《ちが》い、
〝個性《こせい》〟は千差万別《せんさばんべつ》で、中《なか》には瞬時《しゅんじ》に人《ひと》を殺《あや》めてしまう〝個性《こせい》〟もあります。
個人個人《こじんこじん》によって規格《きかく》が違《ちが》う為《ため》、法律《ほうりつ》で細《こま》かくカバーするのは
ほぼほぼ不可能《ふかのう》。なので現在《げんざい》は「〝個性《こせい》〟で人傷《ひときず》つけたらダメ!」という、
ちょっと無理《むり》やり抑《おさ》え込《こ》む形《かたち》になっています。

ただ、「公共《こうきょう》の場《ば》での〝個性《こせい》〟使用禁止《しようきんし》」というのは一昔前《ひとむかしまえ》の
「自転車《じてんしゃ》で歩道《ほどう》を走《はし》ってはダメ」のような認識《にんしき》のされ方《かた》をしています。
例《たと》えば、出久《いずく》のお母《かあ》さんが道《みち》にケータイを落《お》としてしまったとして、
ケータイを〝個性《こせい》〟で「引《ひ》き寄《よ》せて」取《と》ったとしましょう。
この場合《ばあい》、厳密《げんみつ》にはルール違反《いはん》ですが、特《とく》に咎《とが》められたりはしない、
そんな感《かん》じです。
もちろん周《まわ》りに危害《きがい》を及《およ》ぼしそうな〝個性《こせい》〟の人《ひと》や使《つか》い方《かた》は咎《とが》められます。
(爆豪《ばくごう》が歩道《ほどう》で爆速《ばくそく》ターボしてたら、それは多分《たぶん》怒《おこ》られます)

USJ《ユーエスジェー》での生徒《せいと》らの戦《たたか》いは、学校《がっこう》の敷地内全域《しきちないぜんいき》が訓練《くんれん》・育成機関《いくせいきかん》として
対人《たいじん》〝個性《こせい》〟使用《しよう》を認可《にんか》された場所《ばしょ》の為《ため》、そういった問題《もんだい》は起《お》きませんでした。
生死《せいし》に関《かか》わるような致命傷《ちめいしょう》を負《お》わせていたら別《べつ》でしたが。

緑谷《みどりや》にすぐ
戻《もど》るよう伝《つた》え忘《わす》れた…
マズイな ホウレンソウの
ホの字《じ》もねえ…
今《いま》あの負傷《ふしょう》で
動《うご》いてられんのは
※エンドルフィン
ドバドバ状態《じょうたい》だからだ
目的《もくてき》を達成《たっせい》したら
落《お》ち着《つ》いちまって
動《うご》けなくなるぞ
※脳内麻薬物質《のうないまやくぶっしつ》、強《つよ》い鎮痛作用《ちんつうさよう》がある。
おじさん…
あいつ大丈夫《だいじょうぶ》かな
うん？
僕《ぼく》…
あいつのこと
殴《なぐ》ったんだ…
なのに…！
あんなボロボロになって
救《たす》けて
くれたんだよ…！
僕《ぼく》まだ
ごめんも…
ありがとうも…！
言《い》ってないんだよ！
あいつ
大丈夫《だいじょうぶ》かなあ…!!
No.《ナンバー》78 混乱渦巻《こんらんうずま》き
大丈夫《だいじょうぶ》…あいつも
死《し》ぬつもりなんか
ないから
ボロボロなんだろう
──でも
大人《おれ》は
それを叱《しか》らなきゃ
いけない
だから
この騒動《そうどう》が
終《お》わったら
言《い》って
あげてくれ
できれば
ありがとうの方《ほう》に
力《ちから》を込《こ》めて

いいんだね？イレイザー…
A組《エーぐみ》B組《ビーぐみ》総員《そういん》――…
戦闘《せんとう》を許可《きょか》する！
No.《ナンバー》78 混乱《こんらん》渦巻《うずま》き

伝達《でんたつ》ありがと！
でも！
SMACK
すぐ戻《もど》りな！その怪我《けが》尋常《じんじょう》じゃない！
いやっ…
すいません！まだ！もう一《ひと》つ…
トダッダッ
伝《つた》えて下《くだ》さい！
敵《ヴィラン》の狙《ねら》い少《すく》なくともその一《ひと》つ——…
かっちゃんが狙《ねら》われてる！
テレパスお願《ねが》いします！

かっちゃ……
誰《だれ》!?
待《ま》ちなさい ちょっと!
さっきの地鳴《じな》りのような音《おと》…!
派手《はで》なパワーバトルが出来《でき》るのは 私《わたし》らの中《なか》じゃ二人《ふたり》…
情報《じょうほう》漏《も》らしたってことは…
血狂《ちぐる》い マスキュラーを この小《ちい》さな子《こ》が…!?
あれがパワー負《ま》けしたってこと——!?
やだ… この子《こ》 本《ほん》ト殺《ころ》しといた方《ほう》がイイ!
ぬっ
バッ
手《て》を出《だ》すな マグ姉《ねえ》!!
!?
SHUK

ハッ
ハッ
ガザッ
ちょっと何《なに》やってんの!? 優先殺害《ゆうせんさつがい》リストにあった子《こ》よ!?
そりゃ死柄木個人《しがらきこじん》の意思《いし》
スピナー何《なに》しに来《き》たのよあんた!
あのガキはステインがお救《すく》いした人間《にんげん》! つまり英雄《えいゆう》を背負《せお》うに足《た》る人物《じんぶつ》なのだ!!
俺《おれ》はその意思《いし》に
シタガ!!
ゴンッ
ドッ
やっっとイイの
入《はい》った!
……仕方《しかた》ない…… とりあえず伝《つた》えなくちゃ
敵《ヴィラン》の狙《ねら》いの一《ひと》つ判明《はんめい》——!!

生徒《せいと》の「かっちゃん」!!
誰《だれ》だよ!
爆豪《ばくごう》……!?
バクゴーくん…!?
わかった!?「かっちゃん」!!

「かっちゃん」はなるべく戦闘《せんとう》を避《さ》けて!!単独《たんどく》では動《うご》かないこと!!
耐《た》えなきゃ…仕事《しごと》を…しなきゃあああ
あああ———
パキ
パキ
不用意《ふようい》に突《つ》っ込《こ》むんじゃねぇ
ザザ…
聞《き》こえてたか!?おまえ狙《ねら》われてるってよ
かっちゃかっちゃうるっせんだよ頭《あたま》ン中《なか》でぇ……
クソデクが何《なん》かしたなオイ
戦《たたか》えっつったり戦《たたか》うなっつったりよお〜〜〜〜ああ!?

クッソどうでもいィんだよ!!
!
ボオ
わっ
チッ
地形《ちけい》と〝個性《こせい》〟の使《つか》い方《かた》がうめぇ
見《み》るからにザコのひょろガリのくせしやがってんのヤロウ…!

相当《そうとう》場数《ばかず》
踏《ふ》んでやがる
ザス
ガッ
肉《にく》
見《み》せて
ガギ…
死刑囚《しけいしゅう》(脱獄中《だつごくちゅう》)
ムーンフィッシュ
ここで でけえ火使《ひつか》って 燃《も》え移《うつ》りでもすりゃ 火《ひ》に囲《かこ》まれて全員死《ぜんいんし》ぬぞ わかってんな?
喋《しゃべ》んな わーっとるわ
退《ひ》こうにも ガス溜《だ》まり……
こりゃ
わかりやすく “縛《しば》り” 掛《か》けられてんな

オオオオ
聞《き》いたか拳藤《けんどう》!?
ブン殴《なぐ》り許可《きょか》が出《で》た!
待《ま》てって鉄哲《てってつ》!
おまえわかってんの!?このガス…
やべえ
……ってんだろ俺《おれ》もバカじゃねえ
んバカ!
マンダレイガスの事《こと》触《ふ》れてなかった つまり広場《ひろば》から目視《もくし》出来《でき》るとこには広《ひろ》がってない
変《へん》なんだよ このガスは一定方向《いっていほうこう》にゆっくり流《なが》れてる
フツー拡散《かくさん》してくだろ?とどまってんだよ

で見《み》ろよ
さっきいた場所《ばしょ》より
ここのが少《すこ》し
ガスが濃《こ》くなってる
イマココ
つまり……
何《なん》だ!!?
発生源《はっせいげん》を中心《ちゅうしん》に
渦《うず》を巻《ま》いてると思《おも》う
台風的《たいふうてき》なさ
つまりその中心《ちゅうしん》に
ガスを出《だ》してて且《か》つ
「操作《そうさ》」できる奴《やつ》が
いるってことにならない!?
拳藤《けんどう》おめエ…
やべえな!
わあ
だろうと思《おも》って
私《わたし》だけ付《つ》いて
来《き》たんだよ…もぐ
で!
中心《ちゅうしん》に向《む》かう程《ほど》
ガスの濃度《のうど》が上《あ》がるなら
時間《じかん》も問題《もんだい》だ
ガスマスクの
フィルターにも
限度《げんど》があって
濃度《のうど》が濃《こ》い程《ほど》
機能《きのう》する時間《じかん》は
短《みじか》くなる
つまり――…

濃《こ》い方《ほう》に
全力《ぜんりょく》で走《はし》って!
全力《ぜんりょく》で
ブン殴《なぐ》る!!!
だな!!
んん…
まァ…そだけど
なんちう
単細胞《たんさいぼう》っぷり
……でも――…
塩崎《しおざき》やクラスの皆《みんな》が
このガスで苦《くる》しい目《め》に
遭《あ》ってんだよ!
嫌《や》なんだよ
腹立《はらた》つんだよ!
こういうの!!
頑張《がんば》るぞ!!
拳藤《けんどう》!!!

嫌《きら》いじゃないよ
そういうとこ！
うん！
………
ユラ…
ピクッ
まっすぐ
こっちに向《む》かってるのが
3…2人《り》かな？
やっぱ
気《き》付《づ》く奴《やつ》も
切《き》り抜《ぬ》ける奴《やつ》も
いるんだね
さすがは
名門校《めいもんこう》だよなぁ…
ズ…
でも
哀《かな》しいね

どれだけ優秀《ゆうしゅう》な〝個性《こせい》〟があっても
――いいいいいい
いいいたあああああ!!!!
ブワ

人間《にんげん》なんだよね
BLAM…!
何《なん》だ今《いま》の音《おと》
銃声《じゅうせい》…!?
ザ ザ ザ
皆《みんな》どうなってる…!? かっちゃんたちは肝試《きもだめ》しで2番《ばん》スタートだった…
ハッ
ハッ
動《うご》いてないなら そう遠《とお》くにはいないハズ ――…
ザ ザ
ザ ザ

!?
ズア
っあ……!
——……!?

GRAB!
障子《しょうじ》くん…!?
ハァ…
ハァ…
バキ…
オオオオ
ドォーン…
その重傷《じゅうしょう》…もはや動《うご》いていい体《からだ》じゃないな…
友《とも》を救《たす》けたい一心《いっしん》か呆《あき》れた男《おとこ》だ…
今《いま》のって…
パキ…
ああ
敵《ヴィラン》に奇襲《きしゅう》をかけられ俺《おれ》が庇《かば》った……しかしそれが
奴《やつ》が必死《ひっし》で抑《おさ》えていた〝個性《こせい》〟のトリガーとなってしまった…
ここを通《とお》りたいならまずコレをどうにかせねばならん
俺《おれ》の〝個性《こせい》〟は闇《やみ》が深《ふか》い程《ほど》攻撃力《こうげきりょく》は増《ま》すがどう猛《もう》になり制御《せいぎょ》が難《むずか》しい

俺《おれ》から…っ
離《はな》れろ
死《し》ぬぞ!!
常闇《とこやみ》くん!!

THE・補足《ほそく》

○出久《いずく》のデトロイトスマッシュ1000000%《パーセント》

ファンレターや漫画仲間《まんがなかま》から
「これどゆこと？さっぱりわからんかった」という感想《かんそう》を頂《いただ》きました。
わかりにくくて本当《ほんとう》に申《もう》し訳《わけ》ありません。
もちろん1000000%《パーセント》出《で》てるわけではなく、
出久《いずく》の気合《きあ》い、気持《きも》ちとしてのかけ声《ごえ》です。火事場《かじば》の馬鹿力《ばかぢから》です。

このコーナーがこれで最終回《さいしゅうかい》となるよう、
もっと皆《みな》さんにわかりやすく、明朗快活《めいろうかいかつ》、楽《たの》しい漫画《まんが》になるように
鍛《きた》えます。 **ああああああああ!!**

どっどういうこと!? 障子《しょうじ》くん
静《しず》かに
オオオ
マンダレイのテレパス 敵《ヴィラン》襲来《しゅうらい》・交戦禁止《こうせんきんし》を受《う》け すぐに警戒態勢《けいかいたいせい》をとった

No.《ナンバー》79 ブチ込《こ》む鉄拳《てっけん》!!!

直後《ちょくご》 背後《はいご》から 木々《きぎ》を裂《さ》く音《おと》が 迫《せま》り
敵《ヴィラン》に襲《おそ》われた… 変幻自在《へんげんじざい》の素早《すばや》い刃《やいば》だ
俺《おれ》は常闇《とこやみ》を庇《かば》い 腕《うで》をかっ斬《き》られつつも 草陰《くさかげ》に身《み》を隠《かく》した
腕《うで》…!?
なに 傷《きず》は浅《あさ》くないが 失《うしな》ったわけじゃない
俺《おれ》の「複製腕《ふくせいわん》」は
複製器官《ふくせいきかん》も 複製《ふくせい》が可能《かのう》
ここが 複製《ふくせい》できるとこ
斬《き》られたのは 複製《ふくせい》の腕《うで》だ
OUCH!
この腕自体《うでじたい》を複製《ふくせい》!
1か所《しょ》から2つの部位《ぶい》を複製《ふくせい》する事《こと》も可能《かのう》!(操作性《そうさせい》は落《お》ちる)
しかし それでも奴《やつ》には 堪《た》えられ なかったのか…

ARGHH!!
抑《おさ》えていた〃黒影《こせい》〃が
暴走《ぼうそう》を始《はじ》めてしまった
No.《ナンバー》79 ブチ込《こ》む鉄《てっ》拳《けん》!!!
闇《やみ》が深《ふか》いと…制御《せいぎょ》が利《き》かない
こんなピーキーな〃個性《こせい》〃だったのか……
っっ!
ズク
その上《うえ》恐《おそ》らく奴《やつ》の義憤《ぎふん》や悔恨等《かいこんなど》の感情《かんじょう》が
暴走《ぼうそう》を激化《げきか》させている…奴《やつ》も抑《おさ》えようとしているが…
パキッ

ボグ
!!
動《うご》くモノや音《おと》に反応《はんのう》し無差別攻撃《むさべつこうげき》を繰出《くりだ》すだけの
アァァァ
ササッ
モンスターと化《か》している
～～～!!
俺《おれ》のことは…いい!
ぐっ…!!
他《た》と合流《ごうりゅう》し…!
他《た》を救《たす》け出《だ》せ!!
静《しず》まれっ…
黒《ダーク》…影《シャドウ》!!
ズオオオ
光《ひかり》…火事《かじ》か
施設《しせつ》へ誘導《ゆうどう》すれば静《しず》められる
緑谷《みどりや》

俺《おれ》はどんな状況下《じょうきょうか》であろうと苦《くる》しむ友《とも》を捨《す》て置《お》く人間《にんげん》にはなりたくはない
おまえは爆豪《おさななじみ》が心配《しんぱい》で
その体《からだ》を押《お》して来《き》たのだろう?
まだ動《うご》けるというのなら
俺《おれ》が黒影《ダークシャドウ》を引《ひ》きつけ道《みち》を拓《ひら》こう
待《ま》ってよ施設《しせつ》も火事《かじ》も距離《きょり》がある
そんなの障子《しょうじ》くん危《あぶ》な――…
ド
ガッ

ドォ…
バキ
バキ
ザッ
わかってる
救《たす》けるという行為《こうい》にはリスクが伴《ともな》うだからこそヒーローと呼《よ》ばれる
このまま俺《おれ》と共《とも》に常闇《とこやみ》を救《たす》けるか
爆豪《ばくごう》のもとへ駆《か》けつけるか…おまえはどちらだ?緑谷《みどりや》……
…………
ごめん障子《しょうじ》くん…
?

ああ いたね
硬《かた》くなる奴《やつ》…
銃《じゅう》効《き》かないか
——……
まぁでも
関係《かんけい》ないよ
このガスの中《なか》
ポロ…
どれだけ
息《いき》を止《と》めてられるか
って話《はなし》になるからね

拳銃《けんじゅう》とか マジかよ…!
ガガッ
しかも マスクを 狙《ねら》い撃《う》ち…
しかも何《なん》だ このチビ! 学《がく》ラン…!?
同年《タメ》か 年下《としした》くらいじゃねえか!?
ナメやがって!!!
んぬお!!!
BLAM
ガイィンッ
ターミネーター ごっこ?
硬化《こうか》とはいえ 突進《とっしん》とかさぁ 勘弁《かんべん》してよ
名門校《めいもんこう》でしょ? 高学歴《こうがくれき》でしょ? 考《かんが》えてくんない? じゃないと…
殺《や》りがい ない
ス…

ブワッ
鉄哲《てつてつ》!!
だめだ…
退《ひ》いてろ…!!
アッハハハハ
2対《たい》1で
一人《ひとり》は身《み》を隠《かく》して
不意打《ふいう》ち狙《ねら》いね!?
アハハハ
浅《あさ》っ　あっさいよ底《そこ》が
ザッ
このガスはさァ
僕《ぼく》から出《で》て
僕《ぼく》が操《あやつ》ってる!!
君《きみ》らの動《うご》きが
揺《ゆ》らぎとして
直接僕《ちょくせつぼく》に伝《つた》わるんだよ!
つまり
筒抜《つつぬ》けなんだって!!

何《なん》でそういうの考《かんが》えらんないかなあ
雄英生《ゆうえいせい》でしょ？夢見《ゆめみ》させてよ…
スゥ…
それだからこんな襲撃《しゅうげき》許《ゆる》しちゃうんだよ…
鉄哲《てつてつ》血《ち》が…
………!!
んむあああ!!!
ズダッ
バッちょ待《ま》っ…
ズッ
バァカ
BLAM!

さっきより
柔《やわ》らかくなってない？
金属《きんぞく》の疲労的《ひろうてき》なやつ？
よろ…
息《いき》も続《つづ》かなく
なってきた？
踏《ふ》んばり利《き》いてないね？
硬度《こうど》は踏《ふ》んばり如何《いかん》？
ズ
硬化《こうか》やらの単純《たんじゅん》な奴《やつ》らって
えてして体力勝負《たいりょくしょうぶ》なとこ
あるもんねえ
そういうの
考《かんが》えず
突《つ》っ走《ぱし》るってさあ
BLAM!
てっ…!!
ねえ…君《きみ》らは
将来《しょうらい》ヒーローになるん
だろ…？
僕《ぼく》おかしいと
思《おも》うんだよね…
君《きみ》みたいな
単細胞《たんさいぼう》がさァ！
学歴《がくれき》だけで！
BLAM
チヤホヤされる
世《よ》の中《なか》って!!
BLAM

ガンッ
正《ただ》しくないよねえ!!
つべえ…
息《いき》が!
ガク
息《いき》っ!!
ガク
グニャーー…
眼《め》え…!
つべえ…
色《いろ》消《き》える…!
てつてつ!!!
ザッ
だから
その挙動《きょどう》も
全部《ぜんぶ》筒抜《つつぬ》け
だって

ガッ
つだ
ズムッ
動《うご》きだけわかっても
意味《いみ》ねえんだよ!!
そんなしょぼい〝個性《こせい》〟で
ドヤ顔《がお》されてもなぁ!!
スゥ…
タッ
タッ
しょぼいか
どうかは
ズム
使《つか》い方《かた》
次第《しだい》だ!!
ブワッ
おらあぁあ
あぁあ

ガスが飛《と》ぶ…!!
なんてパワーしてんだ
あの手《て》!!
馬鹿《ばか》はおまえだ
学《がく》ラン
拳銃《けんじゅう》なんか
持《も》ってよ
そりゃケンカに自信《じしん》が
ないって言《い》ってんのと
同《おな》じだよ
何《なに》より雄英《ゆうえい》の
単細胞《たんさいぼう》ってのはな
っこの…
ガスが薄《うす》く
なったせいで
気付《きづ》かな———
…
普通《ふつう》
「もうダメだっ」て
思《おも》うようなとこを

ん゛ん゛っ

更に《さら》一歩《いっぽ》越《こ》えてくるんだよ
!
ガスが…霧散《むさん》してく
――ガスっ使《つか》いが ハァ
ガスマスクッ…してりゃそら――っ壊《こわ》すわな
馬鹿《ばか》が…!!
ブハッ
………
俺《おれ》らのっ ハアア… 合宿《がっしゅく》潰《つぶ》した罪《つみ》償《つぐな》ってもらうぜ ガキンちょ
ドサッ
スウウ…
ハァアァァ
っ!!

ガガガ
ガガ
ガ
ガガ
近付《ちかづ》けねえ!! クソ 最大火力《さいだいかりょく》で ブッ飛《と》ばすしか…
ガ
だめだ!
ガガ
手数《てかず》も距離《きょり》も 向《む》こうに分《ぶ》が あんだぞ!
ガ
木《き》ィ燃《も》えてもソッコー 氷《こおり》で覆《おお》え!!!
爆発《ばくはつ》はこっちの 視界《しかい》も塞《ふさ》がれる!
仕留《しと》め切《き》れ なかったら どうなる!?

いた！
氷《こおり》が見《み》える
交戦中《こうせんちゅう》だ！
ドゴォ…
バキッ
!?
あ…？
ドドド
ドド
爆豪《ばくごう》！轟《とどろき》！
どちらか
頼《たの》む――…
肉《にく》
光《ひかり》を!!!
ギュオ

ドガ
あっ

ごめん障子《しょうじ》くん…！
このままで…少《すこ》しいい？
…音《おと》だけでも
反応《はんのう》するなら
わー
わー
わー
複製腕《ふくせいわん》を
複製《ふくせい》する形《かたち》で
囮《おとり》をつくって…
本体《ほんたい》に攻撃《こうげき》が向《む》かないよう
誘導《ゆうどう》する！
ただ誘導先《ゆうどうさき》は
かっちゃんだ
爆発《ばくはつ》で黒影《ダークシャドウ》を
静《しず》められる！
どちらか
選《えら》ばなきゃ
いけないいなら
かっちゃん！
僕《ぼく》はどっちも
救《たす》けたい！

ワイルド・
ワイルド・
担当編集《たんとうへんしゅう》
門司《もんじ》さん
大《おお》きい。
フジヤくん
かっこいい。
堀越《ほりこし》
アシスタンツ!!!
野口《のぐち》くん
かっこいい。
池田《いけだ》くん
かっこいい。
湯澤《ゆざわ》さん
大《おお》きい。
横山《よこやま》さん
強《つよ》い。
伏見《ふしみ》くん
かっこいい。

障子《しょうじ》 緑谷《みどりや》…と
常闇《とこやみ》!?
早《はや》く〝光《ひかり》〟を!!! 常闇《とこやみ》が暴走《ぼうそう》した!!!
No.《ナンバー》80
発《ホッ》足《ソク》爆《バク》豪《ゴー》護《ゴ》衛《エイ》部《ブ》隊《タイ》
ドドドドドド

ズル
THOOM
見境《みさかい》なしか っし炎《ほのお》を…
待《ま》てアホ
グウー
肉《にく》〜〜〜 駄目《だめ》だぁあああ
肉《にく》〜〜〜 にくめんんん
駄目《だめ》だ 駄目《だめ》だ 許《ゆる》せない
タス
タス
タス
その子《こ》たちの断面《だんめん》を見《み》るのは僕《ぼく》だぁあ!!!
横取《よこど》りするなぁああああああ!!!

強請《ねだ》ルナ
ミシ ミシッ
三下《さんした》!!
見《み》てえ

ガガガガガ

KRAKOOM
ア゙ア゙ア゙ア゙ア゙暴《あば》れ足《た》リンゾオア゙ア゙ア゙ア゙!!!
グル

ひゃん！
シュルンッ
シュオッ
ハッ
ガクッ
てめェと俺《おれ》の相性《あいしょう》が残念《ざんねん》だぜ…
BBBB
……？すまん助《たす》かった
俺《おれ》らが防戦一方《ぼうせんいっぽう》だった相手《あいて》を一瞬《いっしゅん》で…
常闇《とこやみ》 大丈夫《だいじょうぶ》か よく言《い》う通《とお》りにしてくれた
常闇《とこやみ》くん!! 抗《あらが》わないで黒影《ダークシャドウ》に身《み》を委《ゆだ》ねて！
障子《しょうじ》…悪《わる》かった… 緑谷《みどりや》も…… 俺《おれ》の心《こころ》が未熟《みじゅく》だった

複製《ふくせい》の腕《うで》がトバされた瞬間《しゅんかん》
怒《いか》りに任《まか》せ黒影《ダークシャドウ》を解《と》き放《はな》ってしまった
闇《やみ》の深《ふか》さ…そして俺《おれ》の怒《いか》りが影響《えいきょう》されヤツの狂暴性《きょうぼうせい》に拍車《はくしゃ》をかけた…
結果《けっか》収容《しゅうよう》も出来《でき》ぬ程《ほど》に増長《ぞうちょう》し 障子《しょうじ》を傷《きず》つけてしまった…
そういうのは後《あと》だ
…と おまえなら言《い》うだろうな
そうだ…！敵《ヴィラン》の目的《もくてき》の一《ひと》つがかっちゃんだって判明《はんめい》したんだ
爆豪《ばくごう》…？命《いのち》を狙《ねら》われているのか？何故《なぜ》…？
わからない…！
とにかく…ブラドキング・相澤先生《あいざわせんせい》プロの二名《にめい》がいる施設《しせつ》が最《もっと》も安全《あんぜん》だと思《おも》うんだ
なる程
これより我々《われわれ》の任《にん》は爆豪《ばくごう》を送《おく》り届《とど》けること…か！
ただ広場《ひろば》は依然《いぜん》プッシーキャッツが交戦中《こうせんちゅう》
緑
道《みち》なりに戻《もど》るのは敵《ヴィラン》の目《め》につくしタイムロスだまっすぐ最短《さいたん》が良《い》い
敵《ヴィラン》の数《かず》わかんねえぞ突然《とつぜん》出《で》くわす可能性《かのうせい》がある
轟
障子《しょうじ》くんの索敵能力《さくてきのうりょく》がある！
そして轟《とどろき》くんの氷結《ひょうけつ》…更《さら》に常闇《とこやみ》くんさえ良《い》いなら
制御手段《ひかり》を備《そな》えた無敵《むてき》の黒影《ダークシャドウ》…

※常闇《とこやみ》は必死《ひっし》すぎて、テレパス聞《き》いてなかったのです。

このメンツなら
正直《しょうじき》…
ザザッ
オールマイトだって
恐《こわ》くないんじゃ
ないかな…！
何《なん》だ
こいつら!!!!
くわっ
おまえ
中央《ちゅうおう》歩《ある》け
俺《おれ》を守《まも》るんじゃ
ねぇ クソ共《ども》!!!
行《い》くぞ!!
SHIKATO
ちょい前《まえ》───…
……！
お茶子《ちゃこ》ちゃん
腕《うで》大丈夫《だいじょうぶ》？

ハッ
ん!
んーーー
浅《あさ》い少《すく》ない!
ハッ
急《きゅう》に切《き》りかかって来《く》るなんてひどいじゃない何《なん》なのあなた
トガです! 二人共《ふたりとも》カァイイねえ
麗日《うららか》さんと
!!
蛙吹《あすい》さん
ピッ
ピッ
名前《なまえ》バレとる…
体育祭《たいいくさい》かしら…何《なん》にせよ情報《じょうほう》は割《わ》れてるってことね 不利《ふり》よ
血《ち》が少《すく》ないとねダメです
普段《ふだん》は切《き》り口《くち》からチウチウと…その…吸《す》い出《だ》しちゃうのですが
ガゴッ

この機械《きかい》は
刺《さ》すだけでチウチウ
するそうで お仕事《しごと》が
大変《たいへん》捗《はかど》るとのことでした
刺《さ》すね
ジャキン
ゾ…
ベロン
来《き》たぁ!!
お茶子《ちゃこ》ちゃん
ポーン

施設《しせつ》へ走《はし》って
戦闘許可《せんとうきょか》は「敵《ヴィラン》を倒《たお》せ」じゃなく「身《み》を守《まも》れ」ってことよ
相澤先生《あいざわせんせい》はそういう人《ひと》よ
梅雨《つゆ》ちゃんも!!
もちろん私《わたし》も…
グッ
つっ!!
梅雨《つゆ》ちゃん
レロ…
梅雨《つゆ》ちゃん…
梅雨《つゆ》ちゃんっ!
カァイイ呼《よ》び方《かた》
私《わたし》もそう呼《よ》ぶね
ダッ
やめて
そう呼《よ》んで欲《ほ》しいのは
お友《とも》だちになりたい人《ひと》だけなの

!!
やーーじゃあ私《わたし》もお友《とも》だちね!やったあ!
ズザッ
梅《つ》雨《ゆ》ちゃん!!
ガバ
血《ち》イ出《で》てるねえお友《とも》だちの梅《つ》雨《ゆ》ちゃん!
カァイイねえ血《ち》って私《わたし》大《だい》好《す》きだよ
離《はな》れて!!
ナイフ相手《あいて》には!!

片足軸回転《かたあしじくかいてん》で
相手《あいて》の直線上《ちょくせんじょう》から
消《き》え
手首《てくび》と首《くび》ねっこを掴《つか》み
おもっくそ
押《お》し！
引《ひ》く！
職場体験《しょくばたいけん》で教《おそ》わった
近接格闘術《きんせつかくとうじゅつ》！
G・M・A《ガンヘッド・マーシャル・アーツ》!!
ダ
梅雨《つゆ》ちゃん ベロで
手《て》！拘束《こうそく》！出来《でき》る!?
痛《いた》い!?
ガバッ
すごいわ
お茶子《ちゃこ》ちゃん…！
ベロは少《すこ》し待《ま》って…
お茶子《ちゃこ》ちゃん…
あなたも素敵《すてき》
私《わたし》と同《おな》じ
匂《にお》いがする
？

好《す》きな人《ひと》がいますよね
!?
そしてその人《ひと》みたくなりたいって思《おも》ってますよね
わかるんです乙女《おとめ》だもん
勝つ!! 勝って
私もデクくんみたいに
何《なに》……
この人《ひと》……
好《す》きな人《ひと》と同《おな》じになりたいよね当然《とうぜん》だよね
同《おな》じもの身《み》につけちゃったりしちゃうよね
でもだんだん満足《まんぞく》できなくなっちゃうよね
その人《ひと》そのものになりたくなっちゃうよね
しょうがないよね

あなたの好《この》みは どんな人《ひと》？
私《わたし》はボロボロで 血《ち》の香《かお》りがする人《ひと》 大好《だいす》きです
だから最後《さいご》は いつも切《き》り刻《きざ》むの
ねえ お茶子《ちゃこ》ちゃん 楽《たの》しいねえ
プス
恋《こい》バナ 楽《たの》しいねえ！
お茶子《ちゃこ》ちゃん!?
チウ
キュウウ゛
チウ
カサ

麗《うらら》日《か》!?
ガサッ
障子《しょうじ》ちゃん
皆《みんな》…!
あっ
しまっ…
ザザッ
ドッ
人《ひと》増《ふ》えたので
殺《ころ》されるのは
嫌《いや》だから
バイバイ
!?

待《ま》っ…！
危《あぶ》ないわ どんな〝個性《こせい》〟を 持《も》ってるかも わからないわ！
何《なん》だ今《いま》の女《おんな》…
敵《ヴィラン》よ クレイジーよ
麗日《うららか》さん ケガを…‼
大丈夫《だいじょうぶ》 全然歩《ぜんぜんある》けるし… っていうか デクくんの方《ほう》が…！
立《た》ち止《ど》まってる 場合《ばあい》か 早《はや》く行《い》こう
とりあえず 無事《ぶじ》でよかった…
そうだ 一緒《いっしょ》に来《き》て！
僕《ぼく》ら今《いま》 かっちゃんの護衛《ごえい》をしつつ 施設《しせつ》に向《む》かってるんだ
………… ん？
爆豪《ばくごう》ちゃんを 護衛《ごえい》？
その爆豪《ばくごう》ちゃんは どこにいるの？
え？

何《なに》言《い》ってるんだ かっちゃんなら 後《うし》ろに…
この非常時《ひじょうじ》 誰《だれ》も―――…
油断《ゆだん》する人間《にんげん》なんて いるハズなかった
彼《かれ》なら

9 僕《ぼく》のヒーロー(完《かん》)

■ジャンプ コミックス■

僕のヒーローアカデミア 9

僕のヒーロー

2016年6月8日 第1刷発行　　2024年11月25日 第47刷発行

著　者　堀越耕平

編　集　株式会社　ホーム社
〒101-0051 東京都千代田区神田神保町3丁目29番 共同ビル
電話　東京　03(5211)2651

発行人　瓶子吉久

発行所　株式会社　集英社
〒101-8050 東京都千代田区一ツ橋2丁目5番10号
03(3230)6233(編集部)
電話　東京　03(3230)6393(販売部・書店専用)
03(3230)6076(読者係)

製版所　株式会社　コスモグラフィック

印刷所　大日本印刷株式会社

ISBN978-4-08-880689-1　C9979　　Printed in Japan

■初出／週刊少年ジャンプ2016年3・4合併号～13号掲載分収録
■編集協力／現代書院
■カバー、表紙デザイン／阿部亮爾（バナナグローブスタジオ）